Annette G. Krupka

Nemesis

15 Fall um Katherina "Kate" Schulz

Impressum

© 2022 Annette Gisela Krupka
Herstellung und Verlag: BoD – Books on Demand,
Norderstedt
ISBN 9783754318096

Das Buch

Ein wahrhaft goldener Herbst in Plauen.
Hauptkommissar Mike Köhler und sein Team sind
froh über eine relativ ruhige Zeit. So können sie einige ältere Fälle, sogenannte Cold Cases, wieder einmal unter die Lupe nehmen.
Auch bei Schulz Security gibt es nur die üblichen Ge-
schäftsaufgaben, zumal sich Kate Schulz gerade in
den Staaten aufhält.
Da wird der achtundvierzigjährige Carlo Weber tot
am Komturhof aufgefunden. Die Kehle wurde ihm
durchgeschnitten. Bei seinen Ermittlungen stößt Mike
Köhler auf Menschen, die sich nur positiv über den
Toten äußern, sei es als Besitzer einer überregionalen
Baufirma, als Ehemann oder Vater.
Aber dann bröckelt dieses Bild plötzlich. Führte We-
ber ein Doppelleben? Wie kam zum Zeitpunkt seines
Todes die Nachricht auf sein Smartphone- NEMESIS?
Wer wollte hier so blutig Rache nehmen und warum?
Plötzlich überschlagen sich die Ereignisse und für
Mike Köhler ist es vorbei mit dem friedlichen, golde-
nen Herbst. Aber glücklicherweise hat er Kate Schulz
wieder an seiner Seite.

Kapitel 1

Ihre Laufschuhe gaben ein knirschendes Geräusch auf dem feinen Kies, an das sie sich bereits gewöhnt hatte. Nie wäre es ihr in den Sinn gekommen, wie tausende andere Jogger, beim Laufen Kopfhörer zu tragen. Nicht nur, dass sie so die Geräusche der Natur, wie jetzt das stete Rauschen des Chattahoochee River genoss, während ihr Körper sich im Rhythmus mit ihrem Atem geschmeidig auf der schmalen Uferpromenade bewegte. Es war auch die ihr antrainierte stetige Wachsamkeit, die eine solche Ablenkung nicht zuließ.

Daher nahm sie jetzt genau die Geräusche wahr, die ein schneller Läufer erzeugte, der sich ihr von hinten näherte. Sie warf einen kurzen Blick über die Schulter, ohne dabei ihre Geschwindigkeit zu reduzieren. Als der Läufer auf ihrer Höhe angekommen war, lächelte sie kurz.

„Woher weißt du, wo und wann ich laufe?", fragte sie und der Mann, der mühelos mit ihr mithielt, grinste etwas schief.

„So etwas nennt sich gute Ermittlungsarbeit", sagte er und deutete nach rechts, wo sich ein Starbucks befand. Sie nickte und mit einem Schwenk verließen sie die Uferpromenade und näherten sich dem Café.

„Cappuccino, wie immer?", fragte er und sie ließ sich nickend auf einen der Stühle im Freien fallen.

Erst jetzt merkte sie, wie erhitzt sie war. Auch der frühe Herbst sollte in Atlanta nicht unterschätzt werden. Die Temperaturen waren schon seit Tagen konstant an den 28° und besonders belastend war die relativ hohe Luftfeuchtigkeit.

„Du bist wirklich ein verdammt guter Ermittler", sagte sie, als ihr Begleiter ihr neben dem Cappuccino ein großes Glas Mineralwasser hinstellte.

Spezialagent Ben Thomson verneigte sich leicht vor seiner ehemaligen Partnerin und setzte sich neben sie. Kate Schulz nahm einen großen Schluck aus dem Glas und sah dann zu ihm hin.

„Also, was ist los?", fragte sie und griff zu ihrer Cappuccinotasse.

Ben lehnte sich zurück und schaute sie unschuldig an. „Hey, darf ich meiner ehemaligen Partnerin nicht einen Kaffee spendieren?"

Kate stieß ein belustigtes Schnauben aus. „Und dafür lauerst du mir beim Joggen auf?"

Er wog den Kopf hin und her und seufzte schließlich vernehmlich. „Okay. Ich wollte deinen Rat", sagte er leise und spielte mit der Hand an seiner Kaffeetasse, von der er bisher keinen einzigen Schluck getrunken hatte.

Kate nickte. Scheinbar war es etwas Ernstes und etwas, was sie nicht in den Räumen des FBI besprechen sollten. Ben beugte sich nach vorn.

„Ich bin für den Posten als Chief Superspecial Agent vorgesehen. Der Alte geht zu Jahresende nun doch in Pension. Er hat sich ja schwer damit getan, besonders nachdem du den Posten ausgeschlagen hast. Und jetzt bin ich so eine Art Ersatzkandidat."

Kate musterte ihn auf die ihr ganz eigene Weise und plötzlich kam sich Spezialagent Ben Thomson wieder wie der Junge vor, der wegen einer Verfehlung zur Rektorin der Schule zitiert worden war. Aber die Erinnerung verblasste schlagartig, als Kate lächelte.

„Und so fühlst du dich? Als Ersatzkandidat?"

„Ja. Und ich habe einen sehr guten Abschluss, die nötige Erfahrung, ein paar Belobigungen, bin weiß, komme aus einer alten Südstaatenfamilie und bin evangelikaler Christ." Er brach ab und Kate sah, wie verbittert er war.

Sie schüttelte belustigt den Kopf. Dann lehnte sie sich über den Tisch, so dass sie nur wenige Zentimeter von ihm entfernt war.

„Ben, du bist der beste Ermittler, den ich je kennengelernt habe und du hast es verdammt noch mal verdient. Das der Rest noch passt, na prima. Was glaubst du, warum ausgerechnet ich, eine eingewanderte, katholische Deutsche, Chief Superspecial Agent Fishers Nachfolgerin werden sollte? Ich hätte die erste weibliche Chief Superspecial Agentin werden sollen, weil damit die Frauenquote einen gewaltigen Sprung gemacht hätte, gerade hier, im konservativen Süden. Du weißt schon, dass der Alte mich am Anfang nie in seiner Truppe wollte? Gut, er hat mich dann irgendwann respektiert, als er merkte, dass ich als Frau nicht schlechter als seine Jungs, wie er euch immer nannte, war. Ich denke auch, dass er, nachdem er das erkannt hatte, mich durchaus als Nachfolgerin akzeptiert hätte, aber die Idee dazu, die kam definitiv nicht von ihm. So etwas ist Politik und das weißt du genau."

Jetzt nahm er seine Tasse und trank den inzwischen wahrscheinlich kalt gewordenen Kaffee mit einem Zug aus.

Kate lehnte sich wieder auf ihrem Stuhl zurück und sah ihn nachdenklich an. „Da ist noch etwas, stimmt`s?" Als er nicht antwortete, grinste sie.

„Der weiße, evangelikale Christ aus einer angesehenen, alten Südstaatenfamilie ist noch ledig und das ist nicht gut."

Ben starrte sie an, dann brach er plötzlich in Gelächter aus. Er lachte so sehr, dass das Geschirr auf dem Tisch leise schepperte. Schließlich holte er tief Luft und sah sie an. „Du bist eindeutig die beste FBI-Agentin, die wir je hatten."

Als sie nichts sagte, nickte er zögerlich.

„Und? Ist eine geeignete Kandidatin in Sicht?"

Kate kannte Ben seit vielen Jahren und auch seine Ängste, sich zu binden. Nicht, dass es ihm an Gelegenheiten je gemangelt hätte. Der Sonnyboy mit dem unvergleichlichen Charme und einem umwerfenden Äußeren hatte stets einige Beziehungen gleichzeitig am Laufen gehabt. Das er jetzt monogam werden sollte, war wohl das größte Problem aus seiner Sicht. Er zog sein IPhone aus der Tasche und öffnete es. Dann reichte er es Kate über den Tisch. Auf dem Foto strahlte sie eine sehr attraktive Blondine an. Diese stand, bekleidet mit einem reizenden Sommerkleid, das ihre durchtrainierte, aber sehr weibliche Figur ausgezeichnet zur Geltung brachte, auf einem Platz. Im Hintergrund war der Eiffelturm erkennbar.

„Sie ist Französin?", fragte Kate und reichte ihm mit einem anerkennenden Nicken das IPhone zurück.

Er schüttelte den Kopf. „Nein, eigentlich ist Anne aus Boston. Sie ist bis Ende des Jahres für ihre Firma als Vizechefin in deren Pariser Niederlassung. Dann kommt sie zurück und wir werden…" Er machte eine kurze Pause. „…heiraten."

Kate sah ihn eindringlich an. „Willst du das wirklich, Ben?", fragte sie leise.

Er erwiderte ihren Blick. „Sie ist eine tolle Frau, hat einen Abschluss in Yale, spricht vier Fremdsprachen, ist erfolgreich und meine Eltern finden sie umwerfend." Er öffnete die Hände und streckte sie von sich.

Kate atmete ein. „Das beantwortet nicht meine Frage, Ben", sagte sie.

Er senkte den Kopf und legte die Hände langsam auf den Tisch. „Kate, meine wilden Jahre sind vorbei. Wenn ich mich schon binden muss, dann an jemand wie Anne. Sie ist eine wunderbare Frau und sie wird die Mutter meiner Kinder sein."

Als sein Gegenüber nichts sagte, hob er langsam den Kopf. „Ich weiß, es klingt so…vernünftig. Aber wie sollte es sich anfühlen?"

Kate schaute ihn erstaunt an. „Und das fragst du ausgerechnet mich?"

Er zuckte die Schultern. „Bist du nicht wegen Mike in Deutschland geblieben und hast das alles hier aufgegeben? Hey, so gesehen, ist das, was ich aufgebe, wohl nicht annähernd so viel."

Sinnend sah er sie an. „Was war es, das dich dazu bewogen hat? Ich meine, zu bleiben und letztendlich Mike auch zu heiraten."

Kate nahm ihr Mineralwasserglas und trank es aus. Als sie es zurück auf den Tisch stellte, überlegte sie. Ja, warum? Sie konnte es schlecht analysieren, da hatte Jasmin wohl recht. In Beziehungsdingen war sie da nicht gerade gut. Es war nicht die berühmte Liebe-auf- den- ersten- Blick-Geschichte gewesen. Es war irgendwie anders.

Sie sah schließlich Ben an und erhob sich. „Ich muss los. Meine Therapiestunde bei Doc Bo beginnt um 11.00 Uhr und ich muss noch duschen."

Sie merkte, dass er enttäuscht war, es aber zu verbergen suchte. „Ich hab meinen Wagen da vorn. Wenn ich dich in dein Quartier fahre und gleich warte, kann ich dich mit ins FBI nehmen."

Nickend erhob sie sich und langsam gingen sie in Richtung Parkplatz. Bens schnittiger BMW stand ziemlich allein unter einem großen Baum. Als Kate an die Beifahrertür trat, sah sie über das Dach zu ihm hin.

„Du hast mich gefragt, warum ich das alles für Mike aufgegeben habe? Ich bin mir auf dem Weg nach Santiago del Compostela darüber klar geworden. Es hat sich einfach richtig angefühlt."

Ben starrte sie an, dann nickte er langsam. „Danke", sagte er leise und stieg ein.

„Guten Abend", sagte Kate und lächelte Mike an, der auf der anderen Seite des Atlantiks mit einer Kaffeetasse in der Hand vor dem Bildschirm seines Laptops saß. „Dir auch einen schönen Nachmittag", sagte dieser und prostete ihr mit dem Kaffee zu.

Kate zog etwas die Augenbrauen nach oben. „Es ist jetzt fast 23.00 Uhr bei euch und du trinkst Kaffee?"

Mike nickte. „Ich will nachher noch etwas aufräumen. Seit du nicht da bist, führe ich so eine Art Studentenbudenleben und morgen kommt Frau Anselm und ich will nicht, dass sie gleich der Schlag trifft." Er machte eine Handbewegung als sei das jetzt nicht wichtig. „Wie geht's bei dir?", fragte er und nahm dabei noch einen Schluck Kaffee.

„Ich war heute mit Ben joggen, vielmehr hat er mir aufgelauert. Er soll der neue Chief werden und er wird heiraten."

„Wow", murmelte Mike und stellte die Kaffeetasse neben sich. „Dann lässt er sich freiwillig an die Kette legen?"

Kate grinste. „Von freiwillig kann eher keine Rede sein, eher die Einsicht in die Notwendigkeit."

Jetzt zog Mike seine Brauen in die Höhe. „Na ob das mal funktioniert?"

Kate hob die Hand und wedelte mit dieser hin und her. „Kann, kann auch nicht. Jedenfalls hat er mich gefragt, wie man merkt, dass es die richtige Entscheidung ist. Gerade mich."

In Erinnerung daran schüttelte sie den Kopf.

„Und?", fragte Mike zögerlich und sah, dass Kate ihm direkt in die Augen blickte. „Ich habe ihm gesagt, wenn man spürt, dass es sich richtig anfühlt." Dann legte sie kurz den Kopf in den Nacken, um zu signalisieren, dass damit das Thema für sie abgeschlossen war.

Mike, der diese Geste verstand, ging darauf ein.

„Und wie geht es in der Therapie voran?", wagte er sich damit auf das nächste Glatteis.

Er wusste, das Kate nicht gern darüber sprach, ja, es als eine Art persönliches Versagen ansah, überhaupt eine Traumatherapie machen zu müssen. Dabei hatte nicht nur Doktor Feigler, der leitende Chefarzt der Plauener Psychiatrie, der sie behandelt hatte, zugeraten, auch er selbst und ihre Freunde, die um Kates Situation wussten.

Nach einer lebensgefährlichen Verletzung infolge ihrer Entführung und der daran anschließenden Behandlung in den USA hatte sie eine weiterführende Psychotherapie abgelehnt und als sie dann vor kurzem wieder Opfer einer Geiselnahme geworden war, bei der es auch Tote gab, wurde sie von Flashbacks heimgesucht. Es war Doktor Feigler selbst gewesen, der ihr einen der führenden Traumaspezialisten beim FBI empfohlen hatte, und so war Kate schweren Herzens in die Staaten aufgebrochen, wo sie sich jetzt schon ein knappes Vierteljahr aufhielt.

Er war erstaunt, dass Kate ihn jetzt völlig entspannt anlächelte.

„Doktor Bo ist sehr zufrieden und er hat mir heute

gesagt, ich könne in spätestens 14 Tagen wieder nach Hause, unter der Voraussetzung, bei Doktor Feigler die Therapie fortzusetzen. Er hat sich dahingehend schon mit ihm in Verbindung gesetzt."

Mikes Lächeln fiel etwas verkrampft aus. „Bist du dir wirklich sicher? Nimm dir alle Zeit, die du brauchst, ich denke…"

Er brach ab, weil Kate näher an ihren Bildschirm herangerückt war und die Stirn in Falten zog.

„Aha", sagte sie gedehnt. „Wer ist sie? Kenne ich sie?"

Mike fuhr erschrocken zurück. „Mein Gott, wie hast du das so schnell herausgefunden?"

Dann brachen sie fast zeitgleich in schallendes Gelächter aus. Nach einer Weile sagte Mike: „Ich freue mich ungemein, wenn du wieder da bist. Das Strohwitwerdasein bekommt mir wirklich nicht. Ich habe gut drei Kilo zugenommen bei dieser Fastfoodesserei."

Kate nickte. „Ja, ich denke auch, dass ich wirklich Ordnung und Struktur in dein Leben bringen muss. Es reicht schon, dass unser Haus völlig verludert ist, jetzt fängst du auch noch an."

Wieder grinsten sie beide.

„Ich freue mich wahnsinnig auf zu Hause", sagte Kate und kramte in etwas, was Mike nicht sah. Dann hielt sie ein Flugticket in den Bildschirm.

„Am Sonntag in vierzehn Tagen fliege ich", sagte sie und Mike spürte, dass sein Herz schneller schlug.

„Gott sei Dank", murmelte er leise und Kate nickte.

„Ich frage mich wirklich, wann es das letzte Mal so ruhig bei uns war", empfing Marianne Jäger Mike, als er an deren Bürotür, die offen stand, vorbeikam. Er sah sie tadelnd an. „Beschrei es bloß nicht", sagte er und klopfte mit den Fingerknöcheln dreimal auf den Türrahmen.

Marianne lachte. „Das ist kein Holz, mein Lieber, dass ist Kunststoff."

Mike grinste. „Naja, ich wollte nicht meinen Kopf nehmen, für den Fall, dass jemand vorbeikommt." Dann wurde er ernst und trat ein. „Treffen wir uns dann im Beratungsraum?"

Sie nickte. „Ja, ich habe schon einige Cold Case Fälle herausgesucht, die wir uns mal wieder anschauen sollten. Die meisten sind allerdings vor deiner Zeit hier."

Mike machte eine Handbewegung in ihre Richtung. „Dazu habe ich ja dich, du bist ja unser Kripourgestein, und", fuhr er fort, noch ehe Marianne etwas erwidern konnte. „Ich will nichts von Pensionierung hören. Ich kann und werde nicht auf dich verzichten."

Er sah, wie seine Kollegin etwas verlegen lächelte und sich dann erhob.

„Aber der Tag wird kommen", wandte sie ein und er machte eine wegwerfende Geste. „Aber nicht Heute und nicht Morgen", beendete er das Thema und ließ ihr den Vortritt, als sie das Zimmer verließ.

Kapitel 2

„Also die neue Lokation ist ja mal wirklich abgefahren, was meinst du?" Sindy Farber stieß ihre Freundin an, die langsam neben ihr entlangtippelte.

„Hallo, noch an Deck?", fragte Sindy nach, als Melissa keine Antwort gab.

„Mir tun tierisch die Hufe weh", murmelte Melissa und stöhnte auf.

Sindy sah auf deren Füße. „Das ist ja auch kein Wunder. Zieh sie aus." Kopfschüttelnd schaute sie auf die High Heels ihrer Freundin, allein deren Anblick bei ihr Schmerzkrämpfe in den Füßen auslöste.

Melissa Konrad war nur Einszweiundfünfzig groß und versuchte dies permanent mit hochhackigen Schuhen auszugleichen. Jetzt blieb sie stehen und setzte sich auf die Schaufensterbank des Sportartikelanbieters, an dem sie gerade vorbeikamen.

Sindy setzte sich neben sie und blickte zum erleuchteten Schlosscampus hinauf. Melissa sah nicht so aus, als wolle sie sich in den nächsten Minuten wieder erheben, also traf Sindy eine Entscheidung.

„Weißt du was, bleib hier sitzen. Ich hole das Auto", sagte sie schließlich und stand auf.

Melissa sah sie an. „Nee. Ich lasse dich doch nicht mitten in der Nacht allein durch die Pampa gehen."

Sindy winkte ab. „Das Auto steht direkt an der Pforte. Ich laufe quer über den Komturhof und bin schon da. Dann komme ich über die Hofwiesenstraße her und lade dich ein. Fünf Minuten."

Melissa erhob sich und schlüpfte entschlossen aus den Schuhen. Es war eine kühle, aber nicht kalte Herbstnacht und sie trug unter ihrer Leggins keine Strümpfe. Mit einem erleichterten Seufzer stellte sie die Füße auf das kühle Pflaster.

„So, wir gehen gemeinsam. Komm."

Sindy lächelte. Sie fand es nett von ihrer Freundin, sie nicht allein gehen zu lassen. Nicht, dass sie Angst hatte, sie konnte sich im Notfall recht gut verteidigen. Nein, sie fand es einfach…nett. Sie hakte sich bei der Freundin unter, die mit einem lauten „Aua" bereits auf den ersten Stein getreten war.

„Na das kann ja lustig werden", murmelte Sindy und passte ihre Schritte den kleinschrittig- vorsichtigen von Melissa an.

„Wir können auch die Straße gehen", bot sie an, als sie am Pflegeheim vorbeikamen, aber Melissa zog sie in Richtung Komturhof.

„Das ist ein Umweg", sagte sie bestimmt und humpelte tapfer neben Sindy her.

„Gleich geschafft", sagte diese und stoppte plötzlich.

„Ist was?", fragte Melissa alarmiert und Sindy deutete über die Rasenfläche. Dort, am Fuß des ehemaligen Dansker, lag in der Dunkelheit ein Mensch.

„Schau mal, da liegt einer."

Melissa kniff die Augen zusammen. „Bestimmt besoffen, komm."

Sindy sah sie entrüstet an. „Den können wir doch nicht einfach so liegen lassen. Was wenn er erstickt?"

Melissa seufzte auf. „Okay, aber wir gucken nur und rufen dann die Rettung. Das letzte Mal, als ich einem Besoffenen helfen wollte, hab ich eine auf die Nase bekommen, weil der dachte, ich will mich in die Schlägerei einmischen, die kurz vorher stattgefunden hat und…"

„Ja, ist ja gut", kürzte Sindy die Sache ab und zog Melissa über den feuchten Rasen.

„Hallo", rief sie den Mann, denn als solcher machte sie ihn rasch aus, schon aus einiger Entfernung an.

„Hallo, brauchen sie Hilfe?"

Als sie keine Antwort erhielt und nicht einmal eine Regung wahrnahm, ging sie näher heran, während Melissa ihr Smartphone aus der Tasche gezogen hatte.

„Also ich rufe die Rettung", sagte die, während sich Sindy über den Mann beugte.

Mit einem leisen und erschrockenen Aufschrei sprang sie zurück und stieß dabei Melissa zu Boden, deren Smartphone in hohem Bogen in den Rasen flog.

„Spinnst du?", schimpfte Melissa Konrad und rappelte sich wieder auf, während ihre Freundin wie paralysiert auf den regungslosen Mann starrte.

„Was ist denn?", fragte sie Sindy, die ihr nicht antwortete. Kopfschüttelnd suchte sie nach ihrem Smartphone, als sie plötzlich die Nässe an ihren Händen spürte. Voller Ekel verzog sie ihr Gesicht.

Na toll, wo hatte sie da hineingegriffen?

Im spärlichen Licht der entfernten Laterne hielt sie

die Hände an ihre Augen.

Sie schrie los, so dass sogar Sindy aus ihrer Erstarrung gerissen wurde und die Freundin ansah.

Melissa Konrads Hände waren voll mit Blut.

„Du hättest es wirklich nicht sagen sollen", murmelte Mike Köhler, als er aus seinem BMW stieg und neben Marianne Jäger trat. Verständnislos sah diese ihn an. „Das es selten so ruhig bei uns war", schob er nach und sah sich um.

Der Komturhof war seitlich taghell angestrahlt und die Spurensicherung um ihren Leiter, Karsten Windisch, huschte wie eine Gruppe Aliens in ihren weißen Schutzanzügen im Bereich des ehemaligen Danskers, in Richtung des Aufgangs zur Pforte umher. Dazwischen schälte sich eine riesig wirkende, ebenfalls in einen Schutzanzug nahezu gepresste Gestalt aus dem Schatten und trat auf die gepflasterte Fläche. „Aha, Omar ist auch schon da", murmelte Mike und trat auf den Mann zu, der sich leise fluchend, mit Hilfe von Karsten Windisch, umständlich aus dem Schutzanzug schälte.

„Ich frage mich, warum ihr es nicht hinbekommt, wieder welche in meiner Größe zu besorgen", sagte er schnaubend, während er den Anzug in den dafür vorgesehenen Sack stopfte.

„Weil es Lieferengpässe gibt", erwiderte Karsten Windisch geduldig und sicher nicht zum ersten Mal in dieser Nacht.

Professor Doktor Omar Amri, leitender Rechtsmediziner und Pathologe ging auf Mike zu, der ihm, wie ein Friedensangebot, einen Becher Kaffee entgegenhielt. Wortlos ergriff der Pathologe den Becher und kippte den heißen Kaffee in einem Zug in sich hinein. Er seufzte erleichtert. „Genau das habe ich jetzt

20

gebraucht."

Dann deutete er hinter sich. „Eine ganz schöne Saue-
rei. Jemand hat dem Mann erst in den Unterleib ge-
stochen, ziemlich tief und als er daraufhin in die Knie
ging die Kehle durchgeschnitten. Er hab noch gelebt
dabei, darauf deutet die Menge an Blut hin. Es gibt
keine Abwehrverletzungen."

„Also hat er den Täter gekannt", mutmaßte Mike.

„Wahrscheinlich", ergänzte jetzt der Leiter der Spurensicherung, der jetzt zu ihnen getreten war. „Auf
alle Fälle war es kein Raubüberfall. Er hatte seine
Brieftasche einstecken, mit Kreditkarten und EC-
Karte, alle auf einen Carlo Weber ausgestellt. Auch
der Ausweis war dabei. Carlo Weber, 48 Jahre, wohnhaft Am Steinpöhl. Und er hatte über dreihundert
Euro Bargeld dabei."

Er hob einen Spurensicherungsbeutel in die Höhe.
„Und ein ziemlich teures IPhone." Dann drückte er
durch den Beutel ein paar Tasten. „Wir konnten es
mit seinem Fingerprint entsperren. Er hat heute
Nacht eine WhatsApp erhalten, wahrscheinlich direkt vor seinem Tod."

Omar nickte. „Das könnte auch die fehlenden Ab-
wehrbewegungen erklären. Er hörte, dass er eine
Nachricht erhalten hat, zog das IPhone aus der Tasche, sah darauf und der Täter stach in diesem Moment zu."

Karsten bewegte bestätigend den Kopf. „Das würde
die Spurenlage erklären. Der Täter stach zu, in den
Unterleib, Weber ließ das IPhone fallen und griff sich

an die Wunde und sank dabei in die Knie. Dann trat der Täter hinter ihn, griff ihm in die Haare, zog den Kopf in den Nacken und schnitt ihm die Kehle durch. Ein Schnitt, mit einem scharfen Messer, ich vermute, ein Skalpell?"

Er sah zu Omar, der die Hände hob. „Nun bringt ihm doch erst mal auf meinen Tisch, dann sage ich es euch schon", brummte dieser ungeduldig.

Mike wies auf das IPhone in Karstens Hand. „Und, konntet ihr die WhatsApp wieder herstellen?"

Der nickte und hielt Mike den Beutel mit dem eingeschalteten IPhone hin. Dieser las nur ein Wort.

„NEMESIS"

„Nemesis? Was soll denn das bedeuten?"

„Die griechische Rachegöttin", warf Omar ein, der daraufhin einen finsteren Blick von Mike erhielt.

„Das weiß ich selbst. Aber was soll so eine Nachricht?"

„Nun, es könnte ein Racheakt gewesen sein", mutmaßte Karsten.

Mike sah sich um. Es war noch zu früh für Spekulationen. „Wer hat ihn denn gefunden?"

Der Leiter der Spurensicherung wies hinüber zum angrenzenden Pflegeheim. Dort waren einige Zimmer, trotz der späten oder frühen Stunde, wie man die Zeit um drei Uhr morgens auch betiteln wollte, hell erleuchtet und einige Gesichter zeichneten sich hinter den Fenstern ab.

Vor dem Haupteingang stand eine Bank, wo, in Wolldecken gehüllt, die zweifellos jemand aus dem Pflegeheim herausgebracht hatte, zwei junge Frauen, von einer jungen Polizistin in Uniform betreut wurden. Eine von ihnen nippte an einer großen Tasse, gewiss Kaffee, während die andere geradezu paralysiert wirkte.

Mike nickte Omar und Karsten zu und näherte sich den beiden jungen Frauen. Er stellte sich vor und nickte der Polizistin zu, die sich kopfnickend entfernte, während gerade auch Marianne Jäger bei ihnen eintraf. Sie setzte sich neben die völlig verstört wirkende junge Frau, während Mike sich mit der Kaffeetrinkerin unterhielt.

„Frau…?", fragte er und sie lächelte ihn etwas

verkrampft an. „Farber, Sindy Farber und das ist Melissa Konrad, meine Freundin. Wir haben ihn gefunden."

Sie schluckte und stellte den Kaffeetopf zur Seite.

„Wir kamen aus dem neuen Club, dem Pinguin. Ich habe mein Auto in der Pfortenstraße geparkt. Wissen sie, ich trinke immer lieber nichts und fahre selbst. Man bekommt ja eh um diese Zeit kein Taxi mehr. Da bin ich unabhängig." Sie strich sich über die Stirn. „Entschuldigen sie, ich rede einen Quatsch."

Der Hauptkommissar nickte verständnisvoll. „Kein Problem, sprechen sie weiter."

Sie nickte. „Melissa konnte in ihren Schuhen nicht mehr laufen." Dabei deutete sie auf die schwarzen High Heels, die neben der Bank standen. „Da ist sie barfuß weitergelaufen und ich wollte schon vorgehen, um das Auto zu holen, aber sie wollte mich nicht allein gehen lassen. Wir sind also hier eingebogen, es ist ja beleuchtet hier, dann ist auch das Pflegeheim und wir waren zu zweit. Da habe ich ihn entdeckt. Ich dachte, dem Mann ist schlecht oder er ist betrunken. Melli wollte weitergehen und von unterwegs die Rettung rufen, weil sie mal einen Zusammenstoß mit einem Betrunkenen hatte, aber ich wollte schauen, ob ich ihm helfen kann. Melli ist mit gegangen und dann ist ihr Smartphone runtergefallen und ihre Hände waren voller Blut und…"

Sie brach ab und Mike sah, wie ihre Hände jetzt zitterten. Dann atmete sie tief durch.

„Ich habe dann den Notruf gewählt und wir sind

gleich hierhergelaufen und haben am Heim geklingelt."

Mike nickte. „Sie haben alles richtig gemacht, Frau Farber", sagte er ruhig und sah zu Marianne, die leise auf die junge Frau an ihrer Seite einredete, scheinbar ohne Erfolg. Sie erhob sich langsam und ging zum Notarztwagen, wo eine Ärztin darauf wartete, ob sie noch gebraucht würde. Nach einem kurzen Gespräch mit Marianne nickte sie, winkte einen Rettungssanitäter herbei und gemeinsam näherten sie sich der jungen Frau.

Sindy Farber sah Mike an. „Was passiert jetzt?", fragte sie alarmiert.

„Ihre Freundin steht unter Schock. Es wird das Beste sein, sie erst einmal mit in die Klinik zu nehmen. Und sie?"

Die junge Frau machte eine abwehrende Bewegung. „Ich bin okay, also ich fahre nach Hause."

Mike sah sie zweifelnd an. „Soll nicht lieber einer der Beamten sie nach Hause fahren und ihr Auto bleibt hier stehen?"

Vehement schüttelte die junge Frau den Kopf. „Nein. Es geht mir gut. Ich mache mir nur Sorgen um Melli", fügte sie leise hinzu, während sie zusah, wie die Türen des Rettungswagens geschlossen wurden.

Marianne Jäger, die wieder zu ihnen getreten war, lächelte ihr aufmunternd zu. „Morgen geht es ihr sicher wieder besser." Sie nickte und ging langsam in Richtung Pfortenstraße.

Mike sah ihr nach. „Sie hat das überraschend gut

weggesteckt", sagte er. Marianne, die die Personalien der beiden jungen Frauen aufgenommen hatte, sah ihn an. „Naja, sie hat mal Krankenschwester gelernt. Auch wenn sie jetzt etwas anderes beruflich macht, ist der Anblick von Blut für sie wohl nicht so traumatisch wie für jemand anderen."

Inzwischen hatte die Dunkelheit die junge Frau verschluckt und kurz darauf waren Scheinwerfer zu sehen und das leise Geräusch einen davonfahrenden Wagens.

Die Tür des Pflegeheimes öffnete sich und eine junge Frau in Dienstkleidung kam heraus. Sie deutete auf die beiden Wolldecken und die Kaffeetasse. „Kann ich das wieder mitnehmen?"

Mike nickte und wies sich aus. „Kann ich ihnen ein paar Fragen stellen?"

Sie deutete nach innen. „Kommen sie bitte mit rein. Ich muss hören was oben los ist." Sie führte ihn und Marianne in das Foyer und legte die Decken ordentlich zusammen. „Das war nett, das sie die beiden jungen Frauen versorgt haben."

Sie winkte ab. „Ach, das ist doch selbstverständlich. Die haben sicher den Schreck ihres Lebens bekommen."

„Haben sie heute Nacht irgendetwas bemerkt?", fragte Mike jetzt und die junge Frau schüttelte den Kopf. „Nein, aber ich kann ja nochmal Rudi holen. Er ist unser Auszubildender und, mal unter uns gesagt, mehr am Rauchen als er sollte und ihm guttut. Ich schicke ihn dazu auf den Balkon, auch wenn es verboten ist, aber wenn er immer runter vor die Tür müsste, dauert das einfach zu lange. Der Balkon geht genau hier heraus."

Sie deutete mit dem Daumen in Richtung Komturgebäude. „Ich selbst habe um die Zeit Medikamente gesetzt und bin erst hochgeschreckt, als die jungen Frauen hier Sturm geklingelt haben."

Sie nahm die benutzte Tasse und zog ihr Handy aus der Tasche. „Rudi, kommst du mal runter? Ja, und Pronto bitte."

Kurz nachdem die junge Frau im Treppenhaus verschwunden war, kam aus der Fahrstuhltür ein junger Mann in Dienstkleidung mit einem freundlichen Lächeln auf die Beamten zu. Er reichte beiden die Hand. „Um es gleich abzukürzen, ich habe nichts gesehen, leider. Wahrscheinlich war ich schon wieder rein vom Rauchen. Ich beeile mich immer, sonst ist Karina sauer."

Er grinste breit und unwillkürlich musste Mike auch lächeln. „Ihnen ist also weder vorher noch nachher irgendetwas aufgefallen?", fragte er sicherheitshalber noch einmal nach.

Bedauernd schüttelte der junge Mann den Kopf. „Es war ruhig, wie meistens. Ich habe weder etwas gesehen noch gehört."

Mike nickte und sah Marianne an. Diese überlegte kurz. „War jemand von den Bewohnern noch auf?"

Der junge Mann zog die Augenbrauen nach oben. „Um die Zeit? Naja, einige haben keinen festen Schlaf und Herr Geisler geht auch immer mal nachts zum

Rauchen auf seinen Balkon. Nachdem hier die Polizei anrückte, waren die meisten wach und haben aus dem Fenster geschaut. So ein Spektakel haben sie ja nicht alle Tage. Aber jetzt habe ich sie alle wieder ins Bett geschickt. Wenn, dann müssen sie noch mal wiederkommen."

Marianne nickte und folgte Mike nach draußen. Sie sah an dem Gebäude hoch.

„Naja, die Ecke dort vorn ist von hier auch schwer einsehbar. Vielleicht hat wirklich niemand etwas gesehen."

Als sie das Gebäude verließen, bemerkten sie bei der Absperrung, die die uniformierten Kollegen errichtet hatten, einen Tumult. Ein junger Mann mit einer Kamera in der Hand hatte die Absperrung überwunden und sich dem Tatort genähert, während ihm zwei Uniformierte versuchten, den Weg abzuschneiden. Mike rannte heran. „Was ist denn hier los?", fragte er scharf und musterte den Mittzwanziger, der sich von einem der Beamten losriss.

„Das ist Polizeiwillkür", rief er und sah Mike aufgebracht an. „Sind sie der leitende Ermittler?"

„Ja", sagte Mike knapp, ohne sich vorzustellen. „Wer sind sie und was wollen sie hier?"

„Mein Name ist Maximilian Krause, ich bin von der Freien Plauener Stimme." Er nestelte in der Tasche seiner Lederjacke, was der eine uniformierte Beamte verhindern wollte.

Mike nickte ihm beruhigend zu. Er glaubte nicht, dass der erregte junge Mann eine Waffe ziehen wollte, blieb aber auch auf Distanz.

Kurz darauf wedelte Krause ihm mit einem Presseausweis vor der Nase herum.

„Freie Plauener Stimme, was soll das sein?", fragte Mike und sah sich den Ausweis näher an.

„Wir sind eine unabhängige Plattform um die Plauener ohne Zensur investigativ zu informieren."

Mike hörte, wie Marianne neben ihm aufstöhnte.

„Ach so", sagte sie. „So eine Art Zeitung wie die mit den vier großen Buchstaben für Plauen?"

Der Sarkasmus schien an Krause abzuprallen. Er schüttelte nur lächelnd den Kopf und setzte so plötzlich zu laufen an, dass die Polizisten es nicht verhindern konnten und auch Mike erwischte nur noch den Ärmel von dessen Jacke, die dieser jedoch mit einem heftigen Ruck losriss. Mike setzte sich, ebenso wie die Uniformierten, in Bewegung, als der Journalist bereits den Tatort erreicht und seine Kamera gezückt hatte. Allerdings kam er nicht zum Abdrücken, als sich eine riesige Gestalt vor ihm aufbaute und ihn am Kragen der Lederjacke fast von den Füßen riss.

„Jetzt ist aber Schluss mit lustig." Omar Amris kräftige Stimme hallte von den steinernen Wänden der Komturei wider. Inzwischen waren auf die beiden Uniformierten angekommen und packten Krause an beiden Armen. Omar ließ ihn los und ohne die Unterstützung der Beamten wäre er mit Sicherheit gestürzt. Nachdem diese ihn, unter heftigen Protesten, hinter die Absperrung mehr gezerrt als geführt hatten, baute sich Mike dort vor ihm auf.

29

„So, Herr Krause. Entweder sie bleiben hier stehen oder ich lasse sie entfernen und sie erhalten einen Platzverweis."

Krause atmete heftig und hielt seine Kamera umklammert wie ein Neugeborenes.

„Das wird Folgen haben", stieß er aus und Mike winkte nur ab.

„Wenn sie so weiter machen, für sie auf alle Fälle", sagte der und ging jetzt mit Marianne durch die Absperrung zu Omar, der kopfschüttelnd dabei zusah, wie das angeforderte Bestattungsunternehmen den Sarg in das Auto hineinschob. Im Hintergrund war das Klicken des Kameraauslösers zu hören.

„Was war denn das für ein Komiker? Wohl kaum von der Freien Presse, oder?", fragte er jetzt Mike. Dieser winkte ab. „Freie Plauener Stimme", murmelte er kopfschüttelnd.

Es war Frieder Lein, der eben erst gekommen war und Mikes Worte gehört hatte. „Die Freie Plauener Stimme ist so ein Mainstream Format. Es gibt eine sehr kleine Printauflage, eher für die älteren Bürger gedacht, aber das meiste spielt sich online ab. Sie nennen sich investigative Journalisten", sagte er und malte mit den Zeigefingern Gänsefüßchen in die Luft.

„Was ich bisher von denen gelesen habe, hat wenig mit gutem Journalismus zu tun. Aber scheinbar trifft es den Zeitgeist und die Stimmungslage. Das Format boomt."

Er zog sein Smartphone aus der Tasche und reichte es Mike. „Es gibt bereits einen Live-Ticker. *Mord am*

Komturhof, einer unserer Journalisten vor Ort von Polizei angegriffen. Sieht so Pressefreiheit aus?"

Mike rollte die Augen nach oben. „Das hat uns gerade noch gefehlt", sagte er und ging zu Marianne. Die Spurensicherung war noch beschäftigt, aber Omar war bereits in seinen SUV gestiegen, den er neben dem Pflegeheim auf dem für Ärzte vorgesehenen Parkplatz abgestellt hatte. Ein uniformierter Polizist hielt das Absperrband in die Höhe, um ihn passieren zu lassen.

Mike sah auf die Uhr. Es begann bereits hell zu werden. „Fahren wir ins Präsidium und dann zu Webers Lebensgefährtin."

Kapitel 3

Die Frau, die die Tür öffnete, war noch ungekämmt und hatte sich schnell einen Morgenmantel übergeworfen. Erstaunt sah sie auf den Mann und die Frau, die vor ihrer Tür standen.

„Ich dachte, es ist unser Nachbar, der uns die Sonntagsbrötchen vorbeibringt", sagte sie und musterte die beiden Personen misstrauisch. Hinter der Tür wurde ein Schatten sichtbar und ein leises, aber tiefes Knurren war zu hören.

Mike zog seinen Ausweis aus der Tasche. „Frau Marbach? Ich bin Hauptkommissar Köhler und das ist meine Kollegin Kommissarin Jäger."

Die Frau öffnete kurz den Mund, dann schlosss sie ihn wieder. „Dürfen wir hereinkommen?", fragte schließlich Marianne und wortlos ging die Frau nach innen und ließ die Tür offenstehen.

Als Mike den Fuß über die Schwelle setzte, erhob sich ein stattlicher Dobermann von dem Platz neben der Tür und starrte ihn an.

„Frau Marbach?", rief er der Frau nach, die im Wohnzimmer verschwunden war.

„Prinz ist friedlich, zumindest, solange ich mit hier bin. Kommen sie."

Wirklich, der Hund ließ sie anstandslos passieren, schaute ihnen aber interessiert hinterher. Mike und Marianne betraten ein großzügig geschnittenes Wohnzimmer mit riesigen, bodentiefen Fenstern, die einen Blick auf einen minimalistisch asiatisch gestalteten Garten gestattete.

„Ist etwas mit Carlo?", fragte Susi Marbach und deutete mit einer Geste den beiden Beamten Platz zu nehmen. Sie selbst hatte sich auf eine riesige Couch fallen lassen.

Mike und Marianne warfen sich einen kurzen Blick zu. „Wieso vermuten sie das?", fragte Letztere.

Die Frau zuckte kurz mit den Schultern. „Er ist heute Nacht nicht nach Hause gekommen. Das kommt immer einmal vor, wenn er lange arbeitet. Manchmal schläft er sogar gleich in der Firma. Aber er schickt mir immer eine WhatsApp."

Sie deutete mit einem Nicken auf ihr Smartphone, das auf dem niedrigen Tisch lag. „Nichts, weder gestern Abend noch heute früh. Ich habe es mehrfach bei ihm versucht, im Büro, auf dem Smartphone, nichts. Langsam habe ich begonnen mir Sorgen zu machen. Aber dann dachte ich wieder, vielleicht ist er eingeschlafen, hat das Smartphone auf lautlos gestellt, was weiß ich."

Mike atmete ein und sah die Frau an, die jetzt versuchte, ihre zerzausten Haare mit den Händen etwas zu richten.

„Frau Marbach, ihr Lebensgefährte wurde heute in den frühen Morgenstunden tot aufgefunden."

Susi Marbach ließ von ihren Haaren ab und starrte erst Mike, dann Marianne verständnislos an.

„Hatte er einen Autounfall? Oder einen Herzinfarkt? Ich habe ihm immer gesagt, er soll nicht so viel arbeiten, ich meine…" Sie brach ab und schluckte.

„Kriminalpolizei, sagten sie?", fragte sie nach und schlug sich jetzt beide Hände vor den Mund.

„Ihr Lebensgefährte wurde Opfer eines Gewaltverbrechens."

Mike wartete einen Augenblick, aber Susi Marbach blieb seltsamerweise relativ gefasst. Zwar war sie blass, aber ihre Augen blieben trocken.

„Können wir ihnen ein paar Fragen stellen?", schaltete sich jetzt Marianne Jäger ein und die Frau nickte.

„Sie vermuteten einen Autounfall, heißt das, dass Herr Weber mit dem Wagen unterwegs war?"

Die Frau nickte. „Ja, ein dunkelblauer Mercedes. Er ist auf seine Firma zugelassen."

„Was machte Herr Weber beruflich?", fragte jetzt Marianne.

„Er hat eine Baufirma, WeberBau, vielleicht sagt ihnen das etwas?"

Sowohl Mike als auch Marianne nickten. Die Aufsteller an einigen Großbaustellen waren ihnen durchaus geläufig.

„Hatte er Konkurrenten, gab es Drohungen, vielleicht auch anonyme?"

Susi Marbach dachte angestrengt nach. „Es ist ein hartes Geschäft, viele locken heute mit Dumpingangeboten, weil sie mit ausländischen Subunternehmern zusammenarbeiten und damit die Preise niedrig halten können." Sie fuhr sich mit der Hand über die Seide ihres Morgenmantels. „Hören sie, Carlo ist kein Heiliger, aber meistens fair, auch gegenüber seinen Leuten. Das zeigt auch, das er wenig Fluktuation im Betrieb hat und auch jetzt nicht wie andere händeringend um Arbeitskräfte suchen muss. Klar gab es das eine oder andere Disput, aber da ist nie irgendetwas so eskaliert."

Sie überlegte eine Weile. „Von Drohungen hat er zumindest mir nie etwas erzählt und das hätte er bestimmt, wäre es so gewesen."

Mike nickte. Hier würden sie also nichts mehr erfahren. In diesem Moment knarrte die Treppe und ein etwa dreizehnjähriges Mädchen in einem Bigshirt mit der Aufschrift „Der frühe Vogel kann mich mal", stand mit verschlafenen Augen auf der untersten Treppe. Der Dobermann, der bisher lautlos auf einer Decke im Flur gelegen hatte, kam heran und stupste das Mädchen an der Hand. Geistesabwesend streichelte diese ihn und starrte den Besuch an.

„Was in aller Welt ist denn hier los? Leute, wisst ihr wie spät es ist? Noch nicht mal sieben und es ist Sonntag."

Jetzt kam Bewegung in Susi Marbach. Sie stand auf, ging zu dem Mädchen und umarmte sie.

Verdutzt ließ diese es sich gefallen. „Was…?", fragte sie. „Michelle, dein Dad, er ist tot."

Verdutzt wich das Mädchen zurück. „Was?", fragte sie noch einmal und starrte von Susi Marbach zu den beiden unbekannten Leuten.

Marianne Jäger trat etwas näher heran. „Er ist heute am frühen Morgen tot aufgefunden worden", sagte sie leise.

Wütend funkelte das Mädchen sie an. „Lassen sie

den Quatsch. Ich habe doch noch gestern Abend eine WhatsApp von ihm bekommen, er…" Ihr Blick irrte durch den Raum und blieb an Mike hängen. „Und wer sind sie?", fragte sie mit sich überschlagender Stimme.

„Ich bin Hauptkommissar Köhler von der Plauener Kriminalpolizei."

„Was ist denn das für ein rumgebrülle?"

Ein junger Mann, nur mit einer Boxershort bekleidet, kam völlig verschlafen die Treppe herunter.

Michelle rannte die Treppe hoch, umklammerte ihn so heftig, dass er fast ins stolpern geriet und schrie: „Basti, Dad soll tot sein."

Der junge Mann versuchte sich sanft aus der Um- klammerung zu lösen, aber Michelle ließ nicht los. Er fuhr sich mit einer Hand über das Gesicht, scheinbar um munter zu werden.

Dieser Haushalt schien definitiv aus Langschläfern zu bestehen. Als ahne Susi Marbach Mikes Gedan- ken, sagte sie: „Wir nutzen das Wochenende immer, um einmal richtig auszuschlafen und brunchen erst gegen 10.00 Uhr." Dann schwieg sie wieder.

Marianne deutete auf die beiden Jugendlichen auf der Treppe. „Sind das ihre Kinder, Frau Marbach?", fragte sie, obwohl sie die Antwort bereits kannte. De- finitiv war Susi Marbach zu jung für einen achtzehn- jährigen Sohn.

Prompt schüttelte diese den Kopf. „Nein. Carlos Frau ist vor sechs Jahren an Krebs gestorben und wir ha- ben uns in seiner Firma kennengelernt. Da war

Michelle gerade acht Jahre alt und Sebastian dreizehn. Es war eine schwere Zeit für sie und Carlo hat versucht, ihnen etwas Normalität zu geben. Ich habe ihn versucht dabei zu unterstützen und ich denke, es ist mir ganz gut gelungen." Sie sah zu den jungen Leuten auf der Treppe, die sich noch immer fest umklammert hielten.

Endlich war es Sebastian Weber gelungen, sich von seiner Schwester zu lösen. Er führte sie behutsam die Treppe hinunter und schob sie in Richtung seiner Stiefmutter, die sie fest umfing. Dann sah er Mike mit einem finsteren Blick an.

„Was ist mit Vater passiert?", fragte er.

Mike deutete in Richtung Küche. „Könnte ich sie allein sprechen?"

Der junge Mann zögerte nur einen Augenblick, dann nickte er.

Er setzte sich an den Küchentisch und deutete auf den Stuhl sich gegenüber. Marianne Jäger war bei Susi Marbach und Michelle im Wohnzimmer geblieben.

„Wie ist ihr Verhältnis zu ihrer Stiefmutter", fragte Mike, als er Platz genommen hatte.

Sebastian Weber schien mit dieser Frage nicht gerechnet zu haben, er blinzelte kurz und atmete hörbar aus. „Naja, als unsere Mutter starb, waren wir alle durch den Wind, auch mein Vater. Susi arbeitete in seiner Firma, sie kannten sich also schon länger. Irgendwann kam sie dann und redete mit Michi und mir."

Er machte eine Geste mit der Hand. „Also, sie hat keinen auf neue Mutti gemacht oder wollte sich bei uns anschleimen. Sie hat uns ganz einfach gesagt, dass Dad das alles allein nicht hinbekommt und obwohl sie noch nicht lange zusammen sind, wollte sie bei uns einziehen und ihn unterstützen. Das hat sie mir gleich irgendwie sympathisch gemacht. Also, wir haben natürlich auch mal unsere Differenzen, aber ich und auch Michi hätten es schlechter treffen können."

Mike nickte. „Wie sieht es jetzt mit den Vermögensverhältnissen nach dem Tod ihres Vaters aus?"

Sebastian Weber sah ihn an und Mike merkte, dass er seinen Gedankengängen folgen konnte. „Also, mein Vater hat einen Partner in der Firma, Florian Gayer. Aber der erbt nicht automatisch seine Firmenanteile. Nach Ma`s Tod hat Dad seine Vermögensverhältnisse geklärt. Er sagte immer, es kann so schnell gehen, also lieber alles in trockene Tücher bringen. Am Ende hätte wohl nach dieser Lage keiner ein Motiv Dad zu töten."

Mike sah ihn interessiert an, aber der junge Mann lächelte traurig. „So denken sie doch, oder? Tja, ist ihr Job. Also, Florian profitiert von Dad`s Tod nicht, im Gegenteil, er hat jetzt alles an der Backe. Susi auch nicht, sie bekommt zwar einen Teil des Vermögens und das kleine Strandhaus auf Usedom, aber so viel ist es nicht, besonders um einen Mord zu rechtfertigen. Wäre Dad noch am Leben, wäre sie besser versorgt. Außerdem gab es bei den beiden keinen Streit.

Susi war immer die Ausgleichende und hat viel kompensiert, weil er so viel gearbeitet hat."

Er stand auf, ging zum Kühlschrank und nahm einen Tetrapack Orangensaft heraus. Er sah Mike an, der den Kopf schüttelte und schenkte sich selbst nur ein Glas ein. Dann nahm er wieder Platz.

„Wobei wir bei mir wären, denn Michi werden sie wohl kaum einen Mord zutrauen?"

Er nippte an seinem Glas und Mike fragte sich, ob diese Coolness nur gespielt war oder Sebastian Weber wirklich so war. Als er sah, wie das Glas leicht in dessen Hand zitterte, war er sich sicher, das Ersteres zutraf.

Als Mike schwieg, setzte er das Glas betont hart auf dem Tisch auf. „Ich habe in diesem Jahr mein Abi gemacht und war jetzt auf Praktikum in der Firma meines Vaters. Im Oktober beginne ich mit einem Architekturstudium. Ich erbe automatisch die Anteile an der Firma, kann sie aber nicht veräußern. Details kann ihnen sicher unser Anwalt, Doktor Leistner sagen. Das Privatvermögen geht, abzüglich des Anteils für Susi, zu gleichen Teilen an Michi und mich. Es ist zu einem Teil in Immobilien angelegt, aber der größte Teil steckt in der Firma. Habgier wäre ein schlechtes Motiv."

Mike musste aufpassen nicht zu lächeln. So eine Vernehmung hatte er wirklich noch nie geführt.

Noch ehe er nachfragen konnte, setzte der junge Mann wieder an. „Ich hatte auch mit meinem Vater keinen Stress. Er war der beste Vater, den man sich vorstellen kann. Klar hatten wir auch mal unterschiedliche Meinungen, aber das gibt es wohl überall. Im Übrigen war ich die ganze Nacht zu Hause und habe Onlinespiele gemacht. Wir sind eine ziemlich große Community, also Zeugen gibt's genug."

Mike erhob sich. „Dann danke ich ihnen erst einmal für das ausführliche Gespräch."

Im Wohnzimmer traf er auf Marianne, die mit Susi Marbach und einer sichtlich aufgelösten Michelle Weber auf der großen Couch saß. Als sie Mikes Blick sah, erhob sie sich und verabschiedete sich von den Frauen.

„Also, Sebastian Weber hat mir neben einem Alibi auch die gesamte Vermögenslage Carlo Webers geliefert, einschließlich den Namen seines Teilhabers", sagte Mike, als sie am Auto standen und zu dem Haus zurückschauten.

„Hast du ihn in Verdacht?", fragte Marianne Jäger, aber Mike schüttelte den Kopf.

„Nein, nicht nach Lage der Dinge."

Er schaute auf seine Uhr. „Fahren wir erst einmal in die Firma und dann zu Omar. Vielleicht kann er uns schon Details nennen."

Kapitel 4

Cindy Gerhard, die junge Sekretärin der Geschäftsleitung, reagierte deutlich emotionaler als die Lebensgefährtin von Carlo Weber auf dessen Tod. Innerhalb kürzester Zeit hatte sie drei Tempotaschentücher nass geweint und schien sich gar nicht beruhigen zu können.

„So ein liebenswerter Mensch, wer tut denn so etwas?", murmelte sie gebetsmühlenartig zwischen den einzelnen Weinkrämpfen.

Trotzdem es Sonntag war, hatte es die Beamten erstaunt, den Schreibtisch im Sekretariat besetzt zu finden. Marianne Jäger berührte sie sanft an der Schulter. „Nun beruhigen sie sich doch, Frau Gerhard. Ist denn Herr Gayer im Haus?"

In diesem Moment fiel die Tür ins Schloss und ein hochgewachsener Mittvierziger stand im Büro.

„Cindy, was ist denn los?", fragte er besorgt und warf Mike und Marianne, die er für die Verursacher dieser Tränenflut hielt, einen ärgerlichen Blick zu.

„Carlo ist tot, ermordet", sagte sie und begann wieder zu weinen.

Der Mann erstarrte kurz, dann sah er auf Mikes Ausweis, den dieser gezückt hatte. „Mein Gott, wann denn?"

„Heute Nacht", sagte Mike.

Der Mann blies leicht die Luft aus. Dann reichte er erst Marianne, dann Mike die Hand. „Gayer, Florian Gayer. Kommen sie doch bitte mit in mein Büro.

Cindy, geh nach Hause. Es ist Sonntag."

Diese nickte und sammelte die Papiertaschentücher, die sich auf dem Schreibtisch stapelten, langsam ein.

„Geht das denn?", fragte sie zaghaft.

Gayer nickte. „Natürlich, Frau Brasse kann dich notfalls vertreten, sollte etwas sein. Ich kann sie jederzeit anrufen."

Mit einem letzten aufmunternden Lächeln schloss er die Tür und bot den beiden Beamten einen Platz an einem kleinen Tisch an. Dort standen diverse Getränke bereit. „Sie bedienen sich bitte?", sagte Gayer und nahm Platz.

Dann schüttelte er langsam den Kopf. „Carlo ist tot? Ist er der Ermordete vom Komturhof?"

Er zog sein Smartphone aus der Tasche und öffnete es. „Es ist das Thema heute in den sozialen Medien. Aber ich habe doch nie an Carlo gedacht."

Mike hatte ihn genau beobachtet und war sich sicher, dass die gezeigte Erschütterung von Florian Gayer echt war. „Ja. Leider. Er wurde heute in den Morgenstunden tot dort aufgefunden."

„Mit durchgeschnittener Kehle, mein Gott, wer macht denn so etwas?"

Mike verfluchte im inneren Maximilian Krause von der *Freien Plauener Stimme*, der natürlich bereits alle Details medienwirksam in Szene gesetzt hatte.

„Hatte Herr Weber Feinde, wurde er bedroht?", fragte Mike, ohne noch näher auf irgendwelche Details einzugehen.

Florian Gayer runzelte die Stirn. „Von einer

Bedrohung weiß ich nichts, aber wenn es so wäre, hätte er es mir gesagt. Wir kennen uns seit vielen Jahren, wir waren mehr als Geschäftspartner. Und Feinde, mein Gott, in unserem Business hat man nicht nur Freunde. Aber wir schlitzen uns doch nicht gegenseitig die Kehle auf." Wie zur Bekräftigung des Gesagten schüttelte er den Kopf.

„Könnten sie sich vorstellen, was Herr Weber nachts gegen 1.00 Uhr am Komturhof gemacht haben könnte?"

Spontan schüttelte Gayer den Kopf. „Keine Ahnung. Wir haben uns Samstagvormittag noch einmal gesehen, es ging um ein Bauprojekt an der Breitscheitstraße, da gab es noch Unklarheiten und der Auftraggeber hatte nur Samstag Zeit für einen Vororttermin. Das ist nichts Ungewöhnliches, also waren wir gegen 9.00 Uhr dort, ungefähr eine Stunde. Dann ist Carlo heimgefahren und hat mit seiner Familie gebruncht."

Mike nickte. Das deckte sich mit den Aussagen von Susi Marbach.

„Kam es oft vor, dass Herr Weber lange gearbeitet hat, auch am Wochenende?"

Gayer lachte trocken auf. „Oft? Ständig. Er konnte froh sein, eine Frau wie Susi gefunden zu haben, die alles am Laufen hielt und ihm den Rücken freigehalten hat. Er war ja permanent hier, manchmal die halbe Nacht, sogar geschlafen hat er hier."

Jetzt konnte Mike es sich auch erklären, warum sich Susi Marbach keine großen Sorgen gemacht hatte, als ihr Lebensgefährte nicht nach Hause kam.

„Herr Weber fährt einen Firmen- Mercedes. Könnten sie uns die Daten geben? Er ist nämlich nicht am Tatort aufgefunden worden."

Florian Gayer erhob sich und trat an seinen Schreibtisch. Er aktivierte etwas in seinem PC und winkte Mike heran. „Hier ist er doch."

Das Bild zeigte einen dunkelblauen Mercedes auf einem Stellplatz in einer Tiefgarage.

„Ist das hier?", fragte Mike und Gayer nickte und deutete nach unten. „Wir haben auch Überwachungskameras in diesem Bereich."

Mike atmete auf. Das war doch einmal eine positive Entwicklung. „Ich würde ihnen jemand von unseren Leuten herschicken, der sich die Aufzeichnungen ansieht?"

Gayer nickte. „Natürlich, kein Problem. Und im Übrigen, ich war gestern Abend zur Goldenen Hochzeit meiner Großeltern mit meiner Frau und gefühlten einhundert Gästen."

Seltsam, alle wollten heute ihr Alibi ungefragt vorweisen, scheinbar waren sie alle Tatortschauer, wo die ermittelnden Beamten immer diese eine, alles entscheidende Frage stellten.

Mike erhob sich und sah sich um. „Ist es eigentlich üblich, dass hier zum Sonntag so viel Betrieb ist?"

Florian Gayer grinste etwas. „Willkommen in der freien Wirtschaft, Herr Hauptkommissar. Wir haben zurzeit ein paar sehr anspruchsvolle Projekte am Laufen, da gibt es eine Menge Vor -und Nacharbeit. Also ist auch der Sonntag kein Tabu, für Carlos und mich zumindest. Für die Mitarbeiter auf freiwilliger Basis selbstverständlich. Aber da wir gute Löhne zahlen und auch einen großzügigen Bonus für Wochenendarbeit inklusive Freizeitausgleich, ist das für junge Leute wie Cindy durchaus nicht unattraktiv." Er atmete tief ein. „Mann oh Mann, ich muss das jetzt erst einmal setzen lassen. Durch Carlos Tod kommt eine Menge Arbeit auf mich zu." Er sah von Mike zu Marianne. „Ich weiß, das mag für sie herzlos klingen, aber unsere Kunden erwarten, dass wir termingerecht liefern." Er fuhr sich über das Gesicht und wirkte plötzlich nicht mehr wie der smarte Geschäftsmann. „Aber erst fahre ich jetzt zu Susi und den Kindern. Mein Gott, was müssen sie jetzt durchmachen." Er blickte in Richtung Tür und Mike nickte.

„Natürlich. Wir sind jetzt fertig und wenn wir noch Fragen haben, wissen wir ja, wo wir sie finden."

Als Mike und Marianne an der Plauener Pathologie aus dem Auto stiegen, war es ziemlich ruhig.

„Naja", sagte Marianne, während sie die Klingel am Haupteingang betätigte. „Warum sollen nur wir arbeiten? Ich finde Gayers Argumente durchaus nachvollziehbar."

Mike nickte. „Hoffen wir, dass die Auswertung der Kameras uns weiterbringt."

Er trat unwillkürlich einen Schritt zurück, als die Tür mit einem Ruck aufgerissen wurde. Professor Omar Amri stand, bereits in Zivil gekleidet, auf der Schwelle und funkelte sie an. „Denkt ihr vielleicht, ich habe zum Sonntag nichts Besseres zu tun als auf euch zu warten?"

Ohne eine Antwort abzuwarten, stampfte er vor ihnen her in Richtung seines Büros.

„Dicke Luft", raunte Mike Marianne augenzwinkernd zu.

„Ich höre dich", knurrte Omar und deutete auf den kleinen Tisch. Dort stand bereits Kaffee bereit. Mit einem erleichterten Seufzer griff Mike zu.

Omar grinste. „Da macht ihr den halben Vormittag Zeugenbefragungen und bekommt nicht mal einen Kaffee angeboten? Was ist nur aus der Gastfreundschaft in diesem Land geworden?" Betrübt schüttelte er den Kopf und wandte sich dann seinem Tablet zu. „Gut. Kommen wir zur Sache. Sehr viel Neues kann ich euch nicht sagen. Der Tod trat kurz vor dem Auffinden durch die beiden Zeuginnen ein, also gegen 1.00 Uhr bis 1.30 Uhr. Es gab einen Stich mit einem

skalpellähnlichen Gegenstand, erst in den Unterbauch und er traf die Blase, wäre aber nicht ursäch-
lich tödlich gewesen. Vermutlich griff der Angegriff-
fene reflexartig an die Wunde und sank dabei, wahrscheinlich wegen der Schmerzen, die zweifellos heftig gewesen sein müssen, in die Knie. Jetzt brauchte
der Täter oder die Täterin nur noch hinter ihn zutre-
ten. Er, lasst uns mal bei einem Mann bleiben, riss
den Kopf an den Haaren zurück, dabei gingen einige
verloren und beugte den Hals so zurück, dass er eine
gute Schnittfläche hatte. Der Schnitt ging komplett
über den gesamten Hals und hat diesen fast aufge-
trennt. Da war viel Gewalt im Spiel. Carlo Weber
wurde regelrecht geschächtet, man hat ihn faktisch
ausbluten lassen. Im Übrigen konnte er auch nicht
mehr um Hilfe rufen, weil die Stimmbänder durch-
trennt waren."
Marianne holte tief Luft. „Das war keine zufällige
Tat", sagte sie und die beiden anwesenden Männer
nickten fast synchron. Dann fuhr Omar Amri fort.
„Ansonsten war Carlo Weber für sein Alter und das
Arbeitspensum, dass er wohl hatte, erstaunlich fit. Er
muss sich also in seiner knapp bemessenen Freizeit
um seine Fitness gekümmert haben. Keine chroni-
schen Krankheiten, lediglich die Leber zeigte gering-
fügige Zeichen dafür, dass er auch dem guten Essen
und vor allen Dingen dem Alkohol zugeneigt war.
Aber sonst? Mit dem Körper hätte er gut und gerne
einhundert Jahre alt werden können."
Er legte sein Tablet aus der Hand und sah Mike an,

47

der ihn erstaunt musterte. „Was?", fragte er.

„Woher weißt du, dass er viel gearbeitet hat?"

Omar drehte die Augen nach oben. „WeberBau ist wohl in Plauen und darüber hinaus ein Begriff und außerdem hat unser lieber Investigativ-Journalist es bereits mit Angabe von Details in seinem Blog gepostet." Er griff wieder zu seinem Tablet und drehte es zu Mike um.

Dieser las und stöhnte leise auf. „Dieser Kerl bringt mich noch ins Grab. Die Freie Presse hatten wir immer gut im Griff, das hat geklappt. Aber dieses Schmierenblatt..." Er brach ab und schüttelte den Kopf.

Dann sah er zu Marianne. „Komm, lass uns Feierabend machen. Heute passiert nichts mehr. Treffen wir uns morgen um 8.00 Uhr zur Frühbesprechung." Er sah Omar an, der seinerseits nickte.

Karsten Windisch, Leiter der Spurensicherung, trat an das Board im Besprechungsraum, nachdem Omar Amri alle Anwesenden auf den Stand der gerichtsmedizinischen Untersuchung gebracht hatte.

„Als erstes der Tatort selbst. Viel Blut, wie zu erwarten", sagte er, mit einem Nicken in Omars Richtung. „Aber sonst wenig verwertbare Spuren. Heißt im Klartext, es handelt sich mal wieder um einen Außentatort mit hunderten von Spuren, die erst einmal zugeordnet werden müssen. Aber interessant ist die Kleidung des Toten. Dort wurden Fasern sichergestellt, von einem Kunststoffgewebe aus DDR- Zeiten."

„Aha, ein Nostalgiker", warf Frieder Lein ein, was ihm ein Grinsen der Anwesenden einbrachte.

Karsten Windisch wog den Kopf hin und her. „Mag sein, aber irgendwie scheinen mir die Spuren willkürlich gelegt." Er deutete auf eine Vergrößerung.

„Wenn Carlo Weber nach vorn gefallen ist, wie Omar sagte, dann hätten die Fasern unter dem Schmutz sein müssen, der an seinen Ärmeln klebte. Aber die Fasern sind darüber."

Mike runzelte die Stirn. „Könnte er sich an seinem Mörder festgekrallt haben?"

Omar schüttelte den Kopf. „Nein. Dazu hatte er weder die Zeit noch die Kraft."

„Außerdem", warf jetzt Karsten Windisch ein. „Er hätte Spuren unter den Fingernägeln haben müssen. Hat er aber nicht."

Er warf einen Blick auf Frank Keilwert, der

inzwischen wie wild auf seinem Laptop herum-
hackte.

„Frank, dein Einsatz." Dieser nickte und stand auf.

„Also, als erstes diese mysteriöse Nachricht Nemesis.
Kam mal wieder irgendwo aus der Karibik, aber wir
sind dran. Dann zum Wagen von Carlo Weber. Laut
der Überwachungskamera kam er damit am Samstag
gegen 14.00 Uhr in die Tiefgarage." Er trat zum Bord
und zeigte das Überwachungsvideo. Carlo Weber
parkte das Auto ein, stieg aus, und ging mit einem
Aktenkoffer und einer Rolle unter dem Arm zügig
zum Aufzug."

„Zoom mal bitte ran", sagte Mike plötzlich. Frank
Keilwert stoppte den Film und vergrößerte das Bild.
Mike trat näher heran. „Er trägt ein anderes Hemd
als das, mit dem er aufgefunden wurde."

Karsten nickte. „Stimmt. Also muss er sich noch einmal umgezogen haben, aber wo?"

„Mit Sicherheit hat er noch einige Hemden im Büro,
wenn er dort sogar schläft, aber die Frage ist doch,
warum hat er sich noch einmal umgezogen?", warf
jetzt Marianne Jäger ein.

„Vielleicht hatte er ein Date", ließ sich Frieder Lein
vernehmen und stockte, als alle ihn ansahen.

„Was?", fragte er verstört, als Mike ihn plötzlich anlächelte. „Gut, Frieder, gut. In diese Richtung haben
wir noch gar nicht gedacht."

Jeder hat irgendeine dunkle Seite, auch euer Carlo Weber", sagte Kate bei ihrem abendlichen Chat.

Mike sah sie prüfend an. „Ach ja, und was ist meine dunkle Seite?"

Kate lachte. „Fastfood und die ständigen Ausreden, warum du nicht joggen gehen willst."

Mike schüttelte langsam den Kopf und nahm einen Schluck aus seinem Glas, das er nahe an den Bildschirm hielt. „Mineralwasser, du siehst, ich arbeite an meiner dunklen Seite", sagte er mit einem verschmitzten Lächeln. Dann wurde er ernst.

„Du meinst also, wir sollten Frieders Idee nachgehen?"

Kate nickte. „Was euch das Umfeld bisher erzählt hat, klingt als sei er ein Heiliger gewesen. Ein toller Lebenspartner, ein toller Vater, ein toller Chef, ein toller Geschäftspartner, irgendwo muss da etwas sein, sonst wäre er nicht regelrecht abgeschlachtet worden. Das war kein aus dem Ruder gelaufener Raubmord, das ist eine Beziehungstat. Da ist Gewalt, Leidenschaft und Hass im Spiel."

Mike stellte nachdenklich sein Glas zurück auf den Tisch. Er schätzte diese Gespräche mit Kate, weil es ihr immer wieder gelang, seinen Blick auf etwas anderes, bisher wenig oder gar nicht beachtetes Detail zu lenken. Das dies jetzt eben nur per Chat möglich war, ersetzte nicht die persönlichen Gespräche in ihrer Bibliothek, aber war ein Ersatz. „Also wenn er eine Affäre hatte, würde das vielleicht ein ganz anderes Licht auf die Sache werfen."

51

„Du denkst an seine Lebensgefährtin?"

Mike nickte langsam. „Nimm einmal an, sie wusste von einer Affäre und ist ihm in dieser Nacht gefolgt. Ihr Stiefsohn saß am PC und hat nichts gemerkt, dass Mädchen hat geschlafen. Es hätte keiner gemerkt, wenn sie das Haus verlässt und wieder betritt."

Kate runzelte die Stirn. „Aber so eine Orgie der Gewalt? Ich weiß nicht."

Mike rückte ein Stück näher heran an den Bildschirm. „Was würdest du tun, wenn ich dich betrüge?"

Kate sah, dass er nicht scherzte, sondern die Frage durchaus ernst meinte. „Also, ich würde dich jedenfalls nicht in eine dunkle Ecke locken, dir einen Stich in den Unterbauch geben, um dich anschließend aufzuschlitzen. Wenn ich denn Mordgedanken hegen würde, was ich bezweifle, würde ich dich erschießen."

„Und wenn du keine Waffe hättest?" Mike gab nicht auf.

„Dann würde ich dich erschlagen, einfach von hinten, mit einem Baseballschläger. Und falls ich genügend Zeit hätte, würde ich die gute alte weibliche Methode wählen, das Gift." Kate schüttelte den Kopf. „Du hast heute echt morbide Gedanken. Aber ich verstehe dich schon, du versuchst herauszufinden, ob es wirklich eine Beziehungstat der Lebensgefährtin gewesen sein könnte? Ich sage dir, zu 80% nein."

Mike schien nicht so richtig überzeugt.

„Weißt du was? Carlo Weber war Bauunternehmer, sein Sohn ziemlich technisch affin. Mit Sicherheit haben sie Smart Home. Wenn du Frau Marbach überzeugen könntest Frank Zugriff darauf zu gewähren, dann wären dies Spekulationen hinfällig."

Mike nickte langsam mit dem Kopf. „Da hast du nicht unrecht. Und wir sollten uns auch noch mal die Sekretärin vornehmen, diese Cindy. Irgendwie war die mir zu sehr erschüttert."

Er lehnte sich zurück. Es war an der Zeit, auch ein paar persönliche Dinge zu besprechen und nicht nur über den Fall. „Wie geht es *Lohengrin*?", fragte er.

Kate hatte das Pferd erst im Sommer von seiner Besitzerin, die nach Australien ausgewandert war, erworben und es stand auf dem Gestüt der kürzlich ermordeten Karla von Mauersbergen.

„Pia Krasnitz hat gestern erst mit mir gechattet, ihm geht es gut, er wird gut bewegt durch Steven. Ich bin ja so froh, dass er reiten kann und sich um *Lohengrin* kümmert. Natürlich kümmern sich auch Pia und die anderen Mitarbeiter, aber das ersetzt keine Bezugsperson und ihn hat er gleich gut angenommen."

„Naja, wenn du wieder da bist..."

„Steven wird ihn auch weiterhin reiten können", fiel Kate ihm ins Wort. „Ich schaffe es doch auch nicht täglich raus nach Syrau und Steven war von Anfang an Feuer und Flamme. Also machen wir eine Art Horsesharing."

Mike lachte. „Gute Idee."

Kate wedelte mit ihrem IPhone vor dem Bildschirm herum. „Hier, mein Rückflugticket. Heute in zwei Wochen geht es nach Hause."

„Endlich", sagte Mike leise und sie nickte. „Ja, endlich. Doc Bo ist sehr zuversichtlich und hatte bereits einige Onlinekonferenzen mit Doktor Feigler. Seiner Meinung nach brauche ich derzeit doch noch keine Nachbehandlung, sollte es aber erforderlich sein, wäre er dann mein Ansprechpartner."

Skeptisch zog Mike die Stirn in Falten, was Kate sah. „Ja, ich weiß. Ich habe mich nicht immer professionell verhalten. Da hat Doc Bo auch gezielt angesetzt und ich hoffe, auch mit deiner Hilfe, dass es nicht mehr so weit kommt."

Mike riss die Hände hoch. „Du weißt, auf mich kannst du zählen."

Sie nickte. „Ja ich weiß, und darüber bin ich sehr dankbar." Dann streckte sie sich. „So und jetzt jage den Mörder von Carlo Weber, ich gehe einstweilen noch etwas joggen."

Kapitel 5

Ohne zu zögern hatte Susi Marbach Frank Keilwert
Zugriff auf ihr Smarthome gegeben, was Mike davon
überzeugte, dass sie entweder wirklich nichts mit
dem Tod ihres Lebensgefährten zu tun hatte oder
aber ausgesprochen raffiniert war.

Gemeinsam mit Marianne Jäger machte er sich noch
einmal auf den Weg zur Zentrale von WagnerBau.

Sie trafen, sehr blass aussehend, Cindy Gerhard an
ihrem Arbeitsplatz an. Florian Gayer war noch außer
Haus, wie sie mit leiser Stimme ihnen sagte.

„Eigentlich wollten wir zu ihnen, Frau Gerhard. Ihr
Chef, Carlo Weber, lag ihnen doch sehr am Herzen,
oder?"

Wieder füllten Tränen die großen, dunklen Augen.

„Ja", wisperte sie. „er war so ein guter..."

„Chef und Mensch, das wissen wir bereits", beendete
Mike die beginnende Lobeshymne abrupt. Erstaunt
sah Cindy ihn an. Er lehnte sich über den Schreibtisch, so dass sie unwillkürlich etwas zurückwich.

„Frau Gerhard, hatten sie ein Verhältnis mit Herrn
Weber?"

Eine blitzartige Röte fuhr der jungen Frau ins Gesicht. „Was erlauben sie sich..."

„Also ja oder nein", unterbrach Mike ihren empörten
Ausruf. Ihre Röte verstärkte sich beängstigend.

Marianne Jäger nickte Mike zu, der daraufhin von
dem Schreibtisch zurücktrat.

„Cindy, es will sie doch niemand moralisch in

irgendeiner Weise verurteilen. Es geht hier um eine Mordermittlung, da ist jedes Detail relevant."

Ihre sanfte Stimme verfehlte nicht die Wirkung.

Cindy Gerhard sah Marianne mit feuchten Augen an wie eine Welpe, die man im Wald ausgesetzt hatte.

„Es war nur einmal, nach der Weihnachtsfeier", wisperte sie fast unhörbar und sah zu Mike hin, der sich in einen Sessel fallen ließ. „Wir wollten es irgendwie beide und danach..."

Sie senkte beschämt den Kopf.

„Haben sie sich geschämt, es bereut?", fragte Marianne nach.

Die junge Frau schüttelte zögernd den Kopf. „Also ich nicht, ich dachte..." Sie brach wieder ab und presste die Lippen aufeinander.

„Sie hofften, es wird etwas mehr daraus?"

Sie sah Marianne an und nickte. „Ja, aber Carlo, also er sagte, das könne er seiner Lebensgefährtin nicht antun, immerhin hat sie ja seine Kinder großgezogen nach dem Tod seiner Frau und auch sie sei krank, sogar schwer krank. Also..."

Marianne spürte, wie Mike hinter ihr die Augen nach oben drehte. Die alte Nummer mit der schwer kranken Lebenspartnerin schien noch immer zu funktionieren. Schließlich erhob sich Mike wieder.

„Und da hofften sie, wenn seine Lebensgefährtin stirbt, flammt ihre Beziehung wieder auf und sie werden die neue Frau Weber?" Sein zynischer Tonfall war keineswegs überhörbar.

Cindy Gerhard war scheinbar doch nicht so naiv, wie

er gedacht hatte. Sie warf Mike einen vernichtenden Blick zu.

„Halten sie mich für dumm? Natürlich habe ich erst gedacht, dass er mich so hinhalten will. Aber dann hat er mir die Befunde gezeigt, sie hat Brustkrebs, im Endstadium. Und ja, wir wollten danach, nach einer entsprechenden Trauerzeit, unsere Beziehung wieder aufnehmen."

Mike und Marianne sahen sich an. Letztere nahm ihr Smartphone aus der Tasche, nickte ihm zu und ging kurz vor die Tür. Es dauerte keine fünf Minuten als sie zurückkam. Ernst sah sie Cindy Gerhard an.

„Ich habe gerade mit Frau Marbach gesprochen. Sie hat noch hatte sie jemals Krebs gehabt."

Cindy Gerhard verlor alle Farbe aus dem Gesicht, dann sah sie hektisch von Marianne zu Mike und wieder zurück.

„Das ist nicht wahr", fuhr sie Marianne an. „Das ist ein Fake. Ich habe doch die Befunde gesehen."

Marianne nickte. „Natürlich. Es waren die Befunde von Carlo Webers verstorbenen Frau, sie hatte Brustkrebs. Er hat einfach, sicher relativ professionell, die Namen und Daten geändert."

Jetzt stellte sich Mike wieder vor die junge Frau.

„Vielleicht wussten sie das aber bereits, Frau Gerhard? Und nachdem sie so schamlos hintergangen worden sind, da war eine Menge Wut in ihnen, nicht wahr? Verständlich, zumal wenn jemand so mit ihren Gefühlen, ihren ehrlichen Gefühlen spielt."

Die junge Frau schüttelte den Kopf, denn sie ahnte,

worauf Mike hinauswollte.

„Da kann man schon einmal die Nerven verlieren, nicht wahr?"

„Nein", schrie sie so laut auf, das sogar Mike erschrak. „Ich habe ihm nichts angetan, ich habe ihn geliebt. Geliebt, hören sie?"

„Das ist ja nicht zu überhören", murmelte Mike, dem die Ohren klingelten. Mein Gott, hatte diese zierliche Person ein Stimmvolumen. „So, Frau Gerhard, wo waren sie in der Nacht vom Samstag zum Sonntag."

„Sie fragen mich nach einem Alibi?", fauchte sie Mike an und dieser befürchtete fast, sie könne ihm gegenüber handgreiflich werden.

„Cindy, du sagst jetzt erst einmal gar nichts. Ich rufe dir einen Anwalt."

Keiner hatte bemerkt, dass Florian Gayer in der Bürotür stand. Mike musterte ihn von oben bis unten, dann schüttelte er langsam den Kopf.

„Sagen sie, Herr Gayer, schauen sie regelmäßig Tatort, oder was? Ich habe Frau Gerhard lediglich gefragt, wo sie in der Nacht vom Samstag zum Sonntag war. Also, wir sind doch hier in keinem Fernsehkrimi, dass gleich ein Anwalt hermuss, weil wir eine potentielle Täterin festnehmen wollen."

„Ist Cindy das?", fragte Gayer nach.

Mike seufzte. „Keiner wird hier festgenommen, ich habe eine Frage gestellt und hoffe auf eine Antwort. Wenn ich diese nicht bekomme, werde ich die Staatsanwaltschaft informieren und diese entscheidet dann, ob Frau Gerhard vorgeladen wird. Aber damit ist sie aktenkundig erfasst."

Er machte eine Kunstpause und sah Cindy Gerhard an. Diese wechselte einen Blick mit ihrem Chef und dieser nickte. „Ich war zu Hause, allein."

Mike sah sie eindringlich an. „Keine Zeugen?"

Die junge Frau schüttelte den Kopf. „Nein, ich habe gelesen und dann später Kopfhörer aufgesetzt. Unter mir wohnt eine schwerhörige alte Dame, die jeden Samstag eine dieser Volksmusiksendungen mit voller Dröhnung hört. Aber da sie sonst sehr nett ist, sage ich nichts. Aber diesen Samstag muss sie einen Western geschaut haben, ich habe mich so erschrocken, weil ich dachte, bei uns auf der Straße wird herumgeballert. Aber dann hörte ich, wo es herkam, und habe meine Kopfhörer aufgesetzt und Musik gehört. Gegen 1.00 Uhr bin ich dann ins Bett, da ballerte es unter mir immer noch. Scheinbar noch ein Western."

„Reicht das?", fragte jetzt Florian Gayer und Mike nickte. „Ja, vorläufig."

Dann wandte er sich an den Geschäftsführer.

„Können wir sie noch einmal sprechen, Herr Gayer?" Dieser nickte und deutete auf sein Büro.

„Wussten sie von dem Verhältnis von Carlo Weber mit Cindy?", fragte Mike, nachdem sie Platz genommen hatten.

Dieser zuckte die Schultern. „Sagen wir mal, ich habe es geahnt, so verliebt, wie sie immer geguckt hat. Darum habe ich Carlo einmal darauf angesprochen, aber er hat nur gelacht."

Mike spürte, dass Gayer ihm nicht die ganze

Wahrheit sagte. „Glauben sie wirklich, Cindy hat et-was mit Carlos Tod zu tun?", lenkte dieser jetzt ab.

„Wir glauben erst einmal gar nichts", sagte Mike und sah den Geschäftsführer eindringlich an. „Herr Gayer, jeder sagte uns, wie toll der Verstorbene war. Ist das, weil man Toten nichts Schlechtes nachsagen soll, oder war er wirklich so eine Art Heiliger, ohne Fehl und Tadel?"

Er sah, wie Florian Gayer mit sich zu kämpfen schien. „Sie können Herrn Weber nicht mehr schaden, nur helfen, seinen Mörder zu finden", wandte jetzt Mari-anne ein, die etwas auf ihrem Smartphone geschrie-ben hatte. Dieser öffnete resigniert die Hände.

„Also, ich vermute, wie gesagt, ich vermute, dass Carlo ab und an zu Prostituierten ging und auch dann und wann welche hier her mitbrachte, nachts."

Mike nickte. „Danke, Herr Gayer, für ihre Ehrlichkeit. Vielleicht ist das ein Ansatz."

Marianne deutete auf ihr Smartphone, als sie die Firma verließen. „Ich habe Frieder vorhin darauf angesetzt. Er hat sich kundig gemacht und es stimmt. Am Samstag fiel die lange Volksmusiknacht aus, weil irgendein Schauspieler gestorben war, er ist für seine Italo-Western bekannt gewesen und die brachten sie faktisch zum Ersatz. Daher dürfte Cindy Gerhard recht haben mit dem, was sie aus der Wohnung ihrer schwerhörigen Nachbarin gehört hat."

Mike blieb am Auto stehen und sah seine Partnerin an. „Naja, ein ziemlich dünnes Alibi, aber was meinst du?"

Marianne sah an dem imposanten Neubau empor und schüttelte schließlich den Kopf. „Ich traue es ihr nicht zu, ihre Verliebtheit war echt."

Während sie zusah, wie Mike das Auto umrundete, kreisten ihre Gedanken um das eben Gehörte.

„Was ist?", fragte Mike und sah sie über das Autodach hinweg an.

„Was hälst du davon, wenn wir Bogdan Serwowitsch einen Besuch abstatten? Wenn sich Weber regelmäßig mit Prostituierten getroffen hat, wäre er doch der Ansprechpartner schlechthin, oder?"

Mike stieg in den Wagen und wartete, bis Marianne ebenfalls eingestiegen war. Dann sah er zu ihr hin.

„Die Idee ist sogar sehr gut, aber ich möchte nicht offiziell mit zwei Beamten am helllichten Tag bei ihm aufkreuzen."

Marianne lächelte. „Na dann, hoffentlich erfährt Kate nichts davon", frotzelte sie und sah Mikes Grinsen.

Der Türsteher schaute Mike verdutzt an, fing sich aber sofort wieder und fragte ihn dann mit gedämpfter Stimme: „Zum Boss?"

Mike nickte und die Tür ging auf. Da er den Weg kannte, verzichtete der Türsteher ihn zu begleiten, aber Mike war sich sicher, dass Bogdan Serwowitsch bereits wusste, wer soeben sein Etablissement betreten hatte, noch bevor er an dessen Bürotür klopfte. Diese wurde auch prompt geöffnet und der Bordellkönig von Plauen, wie er allgemein genannt wurde, ergriff erst seine Hand und als er Mikes entspannten Gesichtsausdruck sah, umarmte er ihn.

„Du hättest anrufen sollen, dann hätte ich vielleicht eine andere Umgebung gewählt."

Mike winkte ab und nahm an dem kleinen Tisch Platz, wo einige Getränke bereitstanden.

„Ist alles in Ordnung? Geht es Kate gut?", fragte Bogdan besorgt, aber seine Miene hellte sich auf, als Mike lächelnd nickte.

„Sie kommt bald nach Hause", sagte er, während Bogdan ihm einen Kaffee einschenkte. Ob dies um diese Uhrzeit noch ratsam war, fragte sich Mike plötzlich, aber abzulehnen wäre extrem unhöflich gewesen.

„Das ist schön", sagte Bogdan und setzte sich Mike gegenüber. Wie immer sah er eher einem Topmanager ähnlich als einem Besitzer mehrere Bordelle und Wohnungen in Plauen und Umgebung. Nicht nur seine Kleidung war wie immer tadellos, auch seine Umgangsformen.

Eine Tatsache, die Kate Anfangs verwirrt hatte, kannte sie doch aus Atlanta andere Typen dieser Kategorie, wie sie es immer zu bezeichnen pflegte. Und so erwuchs aus der anfänglichen Skepsis gegeneinander und auch einem Kampf um das Thema Personenschutz, dessen Vormachtstellung Bogdan Serwowitsch nicht so einfach einbüßen wollte, erst eine gegenseitige Akzeptanz, Respekt voreinander und schließlich eine echte Freundschaft, besonders nachdem Kate und Bogdan einige gemeinsame brenzliche Situationen erlebt hatten.

Inzwischen war sie sich seiner Loyalität absolut sicher, bei Mike hatte es etwas länger gedauert.

Bogdan Serwowitsch war Gast auf ihrer Hochzeit gewesen und konnte sich jetzt mit gutem Gewissen einen Freund der Familie nennen, die auch Omar Amri und Jasmin Weidner-Amri einschloss.

Allerdings hatte Mike so eine leichte Ahnung, dass Bogdan Serwowitsch im tiefsten Inneren in Kate verliebt war, auch wenn er dies niemals eingestehen würde. Als gläubiger Katholik der er war, trotz seiner nicht eben sehr christlichen Tätigkeit, würde er sich nie in eine christlich geschlossene Ehe drängen, davon war Mike überzeugt und er hatte auch wirklich keinen Grund, diesbezüglich eifersüchtig zu sein.

„Bogdan, ich brauche deine Hilfe."

Dieser öffnete wortlos die Hände. „Wann immer ich dir helfen kann", sagte er schließlich.

Mike holte sein Smartphone aus der Tasche und

zeigte ihm ein Bild von Carlo Weber.

„Kennst du ihn?", fragte Mike und Bogdan runzelte etwas die Stirn. „Das ist der Tote vom Komturhof?"

Mike nickte. Natürlich hatte dieser Journalist bereits den Namen in den Medien breitgetreten.

„Wir haben den Verdacht, dass er Kontakte zu Prostituierten hatte. Könntest du dich umhören?"

Bogdan zog ebenfalls sein Smartphon aus der Tasche. „Schick mir mal das Bild."

Als Mike dem nachgekommen war, erhob sich Bogdan „Einen Moment", sagte er und trat vor die Tür.

Kurz darauf kam er zurück. „Ich habe das Bild in alle Häuser schicken lassen. Also, wenn er hier gewesen ist, weißt du es spätestens morgen. Wenn nicht, dauert es etwas, aber ich bekomme es heraus."

„Danke", sagte Mike und Serwowitsch hörte eine gewisse Ungeduld.

Er lächelte. „Ich kann jetzt nicht jedes meiner Mädchen fragen lassen, das wäre etwas…ungünstig."

Jetzt musste Mike lachen. „Ja, das stimmt allerdings."

Dann wurde er ernst und Bogdan nickte verstehend. „Ihr steht ziemlich unter Druck?"

„Hm", murmelte Mike. „Dann ist da dieser Maximilian Krause, ein Journalist der *Freien Plauener Stimme*, wie er sein Schmierenblatt nennt. Er trägt die kleinsten Details in die Öffentlichkeit und verbreitet Halbwahrheiten, das alles auch noch im Netz. Das setzt uns zusätzlich unter Druck."

Bogdan sah auf sein Smartphone. „Ja, daher hatte ich

auch den Namen des Toten. Das ist natürlich sehr unschön." Er überlegte eine Weile. „Sollen sich meine Leute…"

Mike hob abwehrend die Hand. „Um Gottes Willen, bloß nicht."

Bogdan Serwowitsch zuckte leicht die Achseln. „Was du nicht weißt, macht dich nicht heiß", ist der Spruch nicht so?"

Mike drehte die Augen nach oben. „Aber ich weiß es, also. Wir werden damit leben können."

Bogdan grinste. „Wie mit einer Zecke, die irgendwann genug Blut abgesaugt hat und abfällt?"

Mike musste lachen. „Woher hast du denn heute diese Weisheiten? Nein, ich wollte dich nur bitten, diesem Krause, wenn möglich, keine Informationen zu geben."

Serwowitsch nickte. „Ich instruiere sofort meine Leute. Mit ihm wird niemand reden, dafür lege ich meine Hand ins Feuer."

Mike erhob sich. „Danke", sagte er und ließ sich umarmen.

„Ich melde mich morgen bei dir, privat", sagte Serwowitsch, als sie an der Tür waren.

„Danke", wiederholte Mike sich und ging hinaus.

Der Türsteher trat auf die Straße und scannte sie ab.

„Niemand da, Herr Hauptkommissar", sagte er, ohne auch nur die Spur von Anzüglichkeit in der Stimme. Er ahnte bereits, dass dieser Besuch, wenn auch zu so später Stunde, ein rein dienstlicher gewesen sein muss. „Soll ich ihnen ein Taxi rufen, oder jemand von uns, der sie nach Hause fährt?", bot er noch an, als Mike auf seiner Höhe war.

Wirklich, die Straße war menschenleer. Dieser hob abwehrend die Hand. „Danke, aber mein Auto steht ein paar Straßen weiter", sagte er noch und ging zügigen Schrittes die Straße entlang.

Es war ihm als besser erschienen, seinen BMW nicht direkt vor einem Bordell zu parken, dienstlich hin oder her.

„So, so. Du warst also im Bordell und das fast um Mitternacht?"

Kate war ziemlich nahe am Bildschirm und bemühte sich um eine strenge Miene, was ihr gründlich misslang. Nachdem sie gemeinsam mit Mike gelacht hatte, wurde sie ernst. „Und? Hat Bogdan etwas herausgefunden?"

Mike schüttelte bedauernd den Kopf. „Nein. Also Weber war zumindest nicht bei einem seiner Mädchen, soviel ist klar. Er lässt jetzt bei den Damen des reisenden Gewerbes nachfragen. Ich bin froh, dass Bogdan das macht. Wenn ich das mit der Sitte hätte klären wollen, würde ich sicher alt und grau dabei werden."

Kate nickte verstehend. Sie wusste, wie lange Dienstwege gehen konnten. „Habt ihr sonst eine Spur?"

Er schüttelte den Kopf. „Diese Nachricht. Nemesis. Was soll das in Gottes Namen bedeuten?"

Er sah, wie Kate an einem Kaffee nippte. Klar, jetzt war in Atlanta Nachmittag.

„Es geht um Rache, um eine Schuld. Wie du mir den Fall geschildert hast, hat er den Täter gekannt. Warum sollte er sich sonst mit ihm zu so später Stunde an so einem abgeschiedenen Platz treffen?"

„Aber wenn es um Rache geht, dann muss er das doch gewusst haben. Warum also dieser Treffpunkt mit jemand, der einen solchen Hass auf mich hat. Weber war Geschäftsmann, er war sicher vorsichtig."

Kate nickte langsam und nippte wieder an ihrem

Kaffeebecher.

„Entweder hat er die Situation völlig falsch einge-
schätzt oder…" Sie brach ab und starrte gedanken-
verloren in ihren Kaffee.

„Was?", fragte Mike drängend, denn er schätzte
Kates Intuition, die ihnen schon so manches Mal geholfen hatte.

„Mit wem würde ein Mann so spät an eine so dunkle
Stelle gehen?"

Mike atmete tief ein. „Mit einer Frau", sagte er leise
und Kate streckte den Daumen in die Höhe.

Kapitel 6

„Ich hatte ja gesagt, es könnte auch eine Frau gewesen sein", sagte Karsten Windisch bei der morgendlichen Besprechung, nachdem Mike Kates Verdacht vom Vorabend in die Runde gebracht hatte.

Omar Amri, der wie immer am Ende des Tisches saß, weil es dort bequemer war und er seine langen Beine ausstrecken konnte, ohne jemand zu stören, wog den Kopf langsam hin und her.

Mike sah ihn an. „Bist du andere Meinung?", fragte dieser direkt in Richtung des Pathologen.

Omar setzte sich etwas aufrechter hin. „So ein Messerangriff ist eigentlich nicht ein typisches Frauenmuster", begann er langsam, als Karsten Windisch die Brauen hob. „Oh, oh. Das lass ja nicht die Frauenbeauftragte hören", sagte er und zwinkerte Omar zu. Dieser winkte ab. „Jetzt fang du nicht auch noch an. Es gibt nun mal bestimmte wissenschaftliche Erkenntnisse, punkt. Messerangriffe werden prozentual deutlich häufiger von Männern, meist jungen Männern, ausgeführt. Wenn also Weber von einer Frau erstochen wurde, dann hat sie ihn mit klarer Tötungsabsicht in diese Nische am Komturhof gelockt und zugestochen. Sie wird wohl kaum das Messer einfach so in der Tasche gehabt haben."

Mike sah die anderen am Tisch sitzenden an.

Marianne Jäger wandte sich Omar zu. „Sag mal, vom Kraftaufwand her, muss es eine kräftige Frau gewesen sein?"

Dieser schüttelte bedächtig den Kopf und schaute auf sein Tablet. „Nein. Also, wenn sie ihm diese Nachricht geschickt hat, nahm er sein Smartphone aus der Tasche und entsperrte es. Er las die Nachricht und war abgelenkt. Sie zog das Messer aus der Tasche, stach ihn in den Unterleib. Er ließ das Smartphon fallen, griff sich an den Bauch und sank in die Knie. Sie trat hinter ihn, griff in seine Haare, bog den Kopf nach hinten und schnitt ihm die Kehle durch. Um deine Frage zu beantworten, sie muss nicht sehr kräftig sein, aber schnell, gewandt. Ich denke, sie ist relativ jung, keinesfalls eine ältere Frau, wenn ihr wirklich von einer Täterin ausgeht."

Mike stützte die Hände auf den Tisch. „Also gut, damit können wir sowohl von einem männlichen wie auch einem weiblichen Täter ausgehen. Wobei ich genau wie Kate dazu tendiere, auch eine Täterin in die engere Auswahl zu ziehen. Da waren viele Gefühle im Spiel."

Marianne Jäger sah ihn an. „Aber unsere Auswahl an verdächtigen weiblichen Personen hält sich in Grenzen. Cindy Gerhard und Susi Marbach."

Frank Keilwert hob leicht die Hand. „Also Susi Marbach könnt ihr ausschließen. Ich habe nochmals das Smarthome- System ausgelesen. Da kam wirklich keine Maus ungesehen rein oder raus. Überhaupt hat in der fraglichen Nacht niemand sowohl das Haus als auch das Grundstück betreten oder verlassen, das schließt auch den Sohn der Familie ein."

„Gut", wandte Mike ein und sah den Leiter der

Abteilung Internetkriminalität an. „Dann zu Weber selbst. Wenn er nicht mehr in der Tiefgarage war, wann und wie hat er das Büro verlassen?"

Keilwert grinste etwas. „Scheinbar hat er für solche Fälle vorgesorgt. Er wusste, dass die Tiefgarage und der Haupteingang sowie der Liefereingang kameraüberwacht werden. Es gibt noch eine Tür, die allerdings nur von innen geöffnet werden kann und die ist nicht überwacht. Die hat er wohl genutzt."

„Also hat er sich mit jemand getroffen, wobei er nicht gesehen werden wollte."

Mike sah Marianne an. Diese nickte. „Wir müssen unbedingt herausbekommen, mit welchen Prostituierten er sich regelmäßig traf."

Mike erhob sich. „Dann werde ich noch einmal Bogdan Serwowitsch kontaktieren."

„Warum ich hier bin und warum Policia da, ich bin verhaftet?"

Die junge, zierliche Rumänin sah angstvoll von Mike zu Marianne. Diese schüttelte langsam den Kopf.

„Frau Pappatresku, sie sind nicht verhaftet, wir wollen ihnen nur ein paar Fragen stellen."

„Ich nichts haben zu sagen", machte sie plötzlich klar und wollte zur Tür gehen, als Bogdan Serwowitsch, der sich in seinem Büro schweigend in eine Ecke gesetzt hatte, aufstand und neben sie trat. Er legte eine Hand auf ihre Schulter.

Marianne sah, wie sie unter dieser Berührung zusammenzuckte und wollte schon dazwischen gehen, als sie Mikes Blick auffing. Also ließ sie es vorerst bleiben. Serwowitsch redete ruhig, aber fordernd in ihrer Landessprache auf die junge Frau ein, die sich merklich entspannte und ihn schließlich scheu anlächelte. Sie sagte etwas und er nickte. „Andrada wird gleich mit euch sprechen, es kommt noch jemand", sagte er schließlich und klopfte ihr leicht auf die Schulter.

Sie nahm schließlich Platz, schlug die Beine übereinander und mied den Blickkontakt mit Marianne und Mike. Diese sahen sich erstaunt an, schließlich zuckte Mike mit den Schultern und sie warteten ebenfalls. Nach einer Weile waren Schritte zu hören und das klacken eines schweren Gehstocks. Es war einer von Bogdans Männern, der die Tür weit öffnete und respektvoll zur Seite trat, um den Gast hereinzulassen. Es war Pfarrer Johannes Bromsig.

Mit einem Lächeln trat er erst auf Marianne und

Mike zu und reichte ihnen die Hand. Bogdan, der sich bei seinem Eintritt erhoben hatte, umarmte er kurz und ging dann zu der jungen Frau, die sich respektvoll vor ihm verneigte. Er legte ihr sanft die Hand auf den Arm und sprach leise auf Rumänisch mit ihr, dabei mehrmals auf Mike und Marianne deutend und einmal auch auf Bogdan Serwowitsch. Schließlich sagte auch sie etwas und er strich über ihre Wange. Schnell ergriff sie die alte, von Altersflecken übersäte Hand und küsste sie.

Pfarrer Bromsig sah zu Mike hin. „Andrada wird jetzt mit ihnen sprechen. Wenn sie einverstanden sind, werde ich dabeibleiben. Einmal, um im Notfall dolmetschen zu können, zum anderen würde es sie beruhigen." Er lächelte etwas. „Ich habe sie daran erinnert, dass Andrada die Tapfere bedeutet."

Damit setzte er sich neben sie und nickte ihr zu. Mike räusperte sich. Wenn ihn die Situation überraschte, ließ er es sich zumindest nicht anmerken.

„Frau Pappatresku, kennen sie einen Herrn Carlo Weber?", begann er und zeigte Andrada Pappatresku das Bild auf seinem Smartphone.

Sie nickte. „Ja, Carlo war Kunde von mir."

„Sie sind in verschiedenen Städten tätig?"

Wieder nickte sie zustimmend. „Ja, immer in kleine Wohnung oder Zimmer. Wir mieten und bleiben vier Woche, manchmal auch mehr. Kommt darauf an, wie Geschäft geht."

Mike und Marianne hatten sich ebenfalls an den kleinen Tisch gesetzt, an dem sie und Pfarrer Bromsig saßen und hofften so, etwas die Nervosität der jungen Frau zu dämpfen.

„Wie haben sie Herrn Weber kennengelernt?"

Andrada Pappatresku sah Marianne erstaunt an.

„Hat auf mein Onlineportal geantwortet, war ich damals in Dresden. Er auch dort, dienstlich. Hat nach zweiten Mal gesagt, will mein Stammkunde werden." Sie zuckte leicht die schmalen Schultern.

Mike hatte bereits in Bogdans Computer die Website von Andrada Pappatresku alias Alia angesehen. Die zarte junge Frau setzte dort gekonnt ihre Reize in Szene und beschrieb sich als willig und devot.

„Er war also ihr Stammkunde?", fragte Mike noch einmal nach. Sie nickte. „Stammkunde, ja. Ist immer großzügig." Mike schien zu überlegen, wie er die nächste Frage formulieren sollte, besonders in Anwesenheit eines Geistlichen. Marianne bemerkte das und schien diesbezüglich weniger Skrupel zu haben.

„Andrada, hat er bestimmte Sachen von ihnen verlangt?" Als die junge Frau schwieg, beugte sich Marianne zu ihr hin. „Wenn ihnen das peinlich ist, können sie es mir auch allein sagen…"

Pfarrer Bromsig hob die Hand, um sie zu unterbrechen und wandte sich wieder an die junge Frau. Leise sprach er mit ihr und sie nickte. Sie erhob sich und sah Marianne an.

Die beiden Frauen wollten den Raum verlassen, als Bogdan sich erhob. „Ich denke, es ist besser wir gehen heraus", sagte er und bot Pfarrer Bromsig seine Unterstützung an.

„Was passiert jetzt mit ihr?", fragte Mike Marianne auf der Rückfahrt. „Pfarrer Bromsig hat ihr angeboten, ihr beim Aussteigen behilflich zu sein, aber das hat sie abgelehnt. Sie hat zwei Kinder in Rumänien, die von ihren Eltern betreut werden. Sie will ihnen damit eine gute Ausbildung finanzieren und ihre Eltern finanziell unterstützen."

Mike schüttelte den Kopf. „Also macht sie weiter?"

„Ja, aber bei Bogdan. Er hat ihr angeboten für ihn zu arbeiten."

Mike schnaubte. „Naja, ich kann nicht sagen, dass ich das gut finde, aber…"

„Aber so ist sie zumindest nicht dem Risiko ausgesetzt, so brutal wie bisher von ihren Freiern behandelt zu werden", schloss Marianne und die Wut, die sie über das soeben gehörte empfand, war ihr anzuhören. Sie schüttelte den Kopf und ließ ihn dann gegen die Kopfstütze fallen. „Weber war ein Schwein, ein perverses, brutales Schwein, der seine Triebe bei Andrada auslebte."

Mike ließ ihr einen Moment Zeit, die Fassung wieder zu gewinnen. So aufgewühlt hatte er seine Partnerin in all den Jahren noch nie erlebt. Nach dem Gespräch mit der jungen Frau war sie ganz blass gewesen.

„Trotzdem müssen wir ihr Alibi überprüfen", sagte Mike betont ruhig und Marianne nickte. „Ja, sogar wenn ich es verstehen könnte, dass sie ihn umgebracht hätte, glaube ich nicht daran. Sie betonte immer wieder, dass er ihr bester Stammkunde war und außerordentlich großzügig."

Marianne sah zu Mike hinüber, der die Reißiger-
straße in Richtung Kaiserstraße fuhr. „Trotz allem
war er eine Art sichere Bank für sie und er war mit
Sicherheit nicht der einzige Perverse, nur der, der am
besten dafür bezahlte. Nein, ich denke nicht, dass sie
ihn umgebracht hat. Außerdem wäre sie ihm körperlich hoffnungslos unterlegen."

Mike wog den Kopf hin und her. „Du hast gehört,
was Omar gesagt hat. Wir überprüfen erst einmal ihr
Alibi, insofern das überhaupt möglich ist."

Er hörte, wie Marianne geräuschvoll die Luft einsog,
aber dann schwieg.

Kaum im Polizeipräsidium angekommen, erwartete
sie bereits Staatsanwalt Doktor Gebhardt. Er reichte
beiden die Hand und deutete auf den Beratungsraum. „Professor Amri ist auch schon da."

Marianne und Mike wechselten einen kurzen Blick,
traten aber nach dem Staatsanwalt ein.

Dieser sah sie erwartungsvoll an. „Welche konkreten
Spuren haben sie?" Er nahm Platz und deutete den
beiden Beamten, sich zu ihm und Omar, der wie immer an der Stirnseite des Tisches saß, zu setzen.

Mike fasste die Ergebnisse kurz zusammen, die Omar
mit der einen oder anderen fachlichen Anmerkung
ergänzte. „Und diese Prostituierte…"

„Andrada Pappatresku", unterbrach ihn Marianne
ungewöhnlich harsch und sein erstaunter Blick traf
sie, aber in Sekundenschnelle hatte er seinen Fauxpas
bemerkt.

„Ja, natürlich", sagte er einlenkend und lächelte in

Mariannes Richtung. „Mein Fehler. Also diese Frau Pappatresku. Hat sie ein Alibi? Ich meine, wenn Weber wirklich solche perversen Spielchen mit ihr trieb, warum sollten ihr nicht die Nerven durchgegangen sein?"

„Ich glaube nicht, dass jemand zum Eigenschutz ein Skalpell mit sich führt. Ein Klappmesser, gut, aber ein Skalpell?" warf Omar ein und schüttelte bekräftigend den Kopf. „Diese Tat wurde gezielt ausgeführt. Gezielt und vor allen Dingen geplant."

„Außerdem", wandte jetzt Mike ein. „Haben wir noch diese Nachricht-Nemesis. Warum? Warum sollte Frau Pappatresku ihm so eine Nachricht schicken?"

Der Staatsanwalt hob beide Hände. „Um abzulenken, was weiß ich? Sehen sie zu, dass sie ein Alibi für die Dame finden, ansonsten möchte ich sie hier sehen. Morgen, 9.00 Uhr." Mit einem Kopfnicken verließ er den Raum.

„Was war das denn?", fragte Marianne mit hochgezogenen Augenbrauen.

Omar erhob sich geräuschvoll. „Weber war in Plauen kein Unbekannter, er hatte ziemlichen Einfluss und war an einigen Großprojekten beteiligt. Sein Tod hat für einigen Wirbel gesorgt und jetzt noch diese Geschichte, wenn das publik wird…" Er schwieg bedeutungsvoll.

„Also wäre Andrada Pappatresku ein gutes Bauernopfer", sagte Marianne und Mike schüttelte den Kopf. „Was ist denn heute mit dir los? So kenne ich dich doch gar nicht."

Noch ehe Marianne etwas sagen konnte, war Omar an ihre Seite getreten und legte ihr die Hand auf die Schulter. „Ich verstehe dich schon. Dieser Weber hat seine Vergewaltigungsphantasien an der jungen Frau ausgelassen. Sie hatte ja auch keine Wahl, sie braucht das Geld." Er schüttelte den Kopf. „Es wird schwierig sein ein Alibi zu finden, schließlich werden ihre Kunden wohl kaum ihre Adressen hinterlassen."

Er stieß ein kurzes Schnauben aus.

Mike trommelte mit den Fingern auf den Tisch. „Gut, schauen wir, was wir mit den Namen, die sie uns gegeben hat, anfangen können. Andernfalls…"

Er brach ab.

Omar warf einen Blick auf Marianne, deren Miene Bände sprach. „Ich lasse mir was einfallen", raunte er ihr zu. Ohne darauf einzugehen, warf Mike einen Blick auf seine Uhr.

Marianne sah ihn an. „Kate kommt morgen Vormittag?", fragte sie alarmiert und er nickte. „Ja und ich wollte sie abholen. Das kann ich ja jetzt vergessen."

Omar, der schon an der Tür stand, zog sein Smartphone aus der Tasche. „Ich rufe gleich Jasmin an. Wenn sie keinen Termin mit den Kindern hat, fährt sie nach München. Sie freut sich immer, wenn sie mit meinem Auto mal so richtig über die Autobahn heizen kann."

Er hob die Hände." Ihre, nicht meine Worte."

Kapitel 7

Kate sah Jasmin erstaunt an, als sie den Ankunftsbereich betrat. „Du?", fragte sie und wurde von Jasmin so fest gedrückt, das es sie fast von den Füßen riss.
„Dein Mann muss mal wieder Verbrecher jagen, also habe ich mich erbarmt und das sogar gern."
Sie ergriff einen der Koffer. „Komm, ich erzähl die die Details im Auto."
Flink schlängelte sie sich durch die Menschenmassen, das Kate Mühe hatte, ihr zu folgen. Sie hatte Omars SUV auf einem Kurzzeitparkplatz abgestellt und schnell luden sie das Gepäck ein. Kate nahm ihr IPhone und schickte an Mike eine Nachricht, die umgehend beantwortet wurde. Sie lächelte und ließ das IPhone in der Hand.
Erst als sie sich auf dem Zubringer zur Autobahn befanden, erzählte Jasmin von den Zwillingen und Kate berichtete von ihrer Zeit in Atlanta.
„Mike hat mir schon ein bisschen von dem neuen Fall erzählt", sagte sie schließlich, nachdem sich ihre privaten Gespräche vorerst erschöpft hatten.
Jasmin, die wie immer mit schnittiger Geschwindigkeit den Wagen durch den dichten Verkehr lenkte, lächelte etwas. „Ja, das ist ja auch der Grund, warum Mike dich nicht abholen konnte. Staatsanwalt Gebhardt hat sich eingeklinkt und will jetzt schnelle Erfolge sehen. Omar hat gesagt, er würde mächtig Druck aus der Wirtschaft kriegen. WeberBau ist mit diversen Projekten am Start und kommt jetzt durch

den Mord an ihrem Chef in die Schlagzeilen, das scheint einige Kunden zu verwirren."

Kate nickte und hielt sich unwillkürlich etwas an ihrem Sitz fest, als Jasmin ein Überholmanöver startete.

„Es ist gut, dass du wieder da bist", sagte diese schließlich und scherte elegant ein.

„Na, ob das unser wertgeschätzter Doktor Gebhard auch so sieht", murmelte sie und Jasmin lachte schallend. „Er soll doch froh sein, dass er dich hat. Ohne dich wäre die Aufklärungsrate bei weitem nie so hoch gewesen und das färbt ja auch auf ihn ab."

Kate zuckte mit den Schultern. Plötzlich merkte sie, wie es ihr die Augen zuzog.

„Jetlag?", fragte Jasmin und sie schüttelte sich.

„Ja, ich denke, ich brauchte einen Kaffee."

Ihre Freundin lachte. „Ich denke, du brauchst etwas Schlaf. Mach die Augen zu, ich finde auch ohne dich den Weg."

Eigentlich war es klar, dass wir keinen Zeugen finden, der bestätigt, dass Andrada Pappatresku in der angemieteten Wohnung war", sagte Frieder Lein, als Mike und Marianne früh zu ihm kamen.

Er hatte den ganzen gestrigen Tag damit verbracht, andere Frauen zu befragen, die ebenfalls Zimmer in dem Haus angemietet hatten und ihn in die eine oder andere prekäre Lage brachten. Er musste jetzt noch schmunzeln, dass er, aufgrund von Sprachschwierigkeiten, zwei Mal für einen Kunden gehalten wurde und sich nur mit Mühe gegen entsprechende Avancen zur Wehr setzen konnte.

Nachdem er klar gemacht hatte, dass er Polizist war, verschlossen sich die Frauen wie eine Auster, obwohl er ihnen beteuerte, keine Papiere oder ähnliches sehen zu wollen. Auch Andrada Pappatresku konnte zwar in der fraglichen Zeit zwei Kunden benennen, aber ohne Adresse und Allerweltsnamen, die mit Sicherheit auch noch falsch waren.

„Mir blieb also nichts anderes übrig, als Frau Pappatresku für 9.00 Uhr einzubestellen", schloss er seine Ausführungen.

Mike stöhnte leise auf. „Mist", murmelte er, brach aber ab, als Doktor Gebhardt eintrat.

„Guten Morgen. Herr Lein hat mir bereits berichtet, dass das Alibi von Frau Pappatresku nicht nur auf tönernen Füßen steht, sondern faktisch nicht vorhanden ist."

Er deutete nach nebenan. „Wenn sie nichts dagegen haben, Herr Hauptkommissar, wäre ich gern bei der

Vernehmung zugegen."

Mike konnte dies schwerlich ablehnen, also ging er mit dem Staatsanwalt in den vorgesehenen Raum. Pünktlich 9.00 Uhr klopfte ein Beamter und hielt die Tür auf. „Frau Andrada Pappatresku und ihr Anwalt."

Doktor Gebhardt warf Mike einen fragenden Blick zu. Dieser biss sich auf die innere Wangenseite, um nicht auflachen zu müssen, als die junge Frau mit gleich zwei Männern im Schlepptau zur Tür hereinkam.

Der erste Mann war Doktor Marius Steffens, einer der besten Anwälte, die Mike kannte. Als nächstes kam, auf seinen Stock gestützt, Pfarrer Bromsig in den Raum. Der Anwalt reichte erst dem verdutzten Staatsanwalt, dann Mike die Hand.

„Ich vertrete Frau Andrada Pappatresku, hier ist das notwendige Schriftstück." Mit einer eleganten Bewegung ließ er es vor Gebhardt auf den Tisch gleiten.

„Der emeritierte Herr Pfarrer Bromsig war so liebenswert, mir seine Dienste als Dolmetscher anzubieten. Frau Pappatresku wünscht dies auch."

Die junge Frau nickte und nahm, auf eine auffordernde Geste von ihrem Anwalt hin, Platz.

„Aber…", begann der Staatsanwalt, als er von Steffens unterbrochen wurde. „Sie zweifeln doch nicht an der Integrität von Herrn Pfarrer Bromsig, oder? Selbstverständlich können sie auch einen eigenen Dolmetscher anfordern. Ich wollte uns nur Zeit sparen und vor allen Dingen dem Steuerzahler zusätzliche Kosten."

Er grinste leicht und Gebhardt winkte ab. „Ist in Ordnung. Können wir jetzt zur Sache kommen?"
Scheinbar war seine Stimmung in Richtung Nullpunkt gesunken.

„Omar ist ein Teufelskerl", dachte Mike, während er die Formalien für das anstehende Verhör auf Band sprach. Noch ehe er zum Kern kommen konnte, lehnte sich der Anwalt leicht über den Tisch. „Es geht um die Nacht vom Samstag zum Sonntag, im Zeitfenster zwischen 0.00 Uhr und 1.30 Uhr, stimmt das so?"

Mike nickte.

Der Anwalt lächelte. „Dann können wir, glaube ich, diese Sache hier schnell beenden." Er schlug seine Tasche auf und legte ein Schriftstück vor sich auf den Tisch. „Dies hier ist die Aussage eines Herrn Frank Forster, der in eben diesem Zeitraum die Dienstleistung von Frau Andrada Pappatresku in Anspruch genommen hat. Er bittet allerdings um Diskretion, weil er verheiratet ist und nicht unbedingt möchte, dass seine Frau erfährt, wie er die Nacht seiner Dienstreise nach Plauen verbracht hat. Er würde aber selbstverständlich einer Befragung zur Verfügung stellen."
Er machte eine Handbewegung in der Luft. „Aber ich denke, das wird nicht nötig sein. Oder sind sie anderer Meinung, Herr Staatsanwalt?"

Dieser wusste, wann ein Spiel verloren war, und nickte leicht. „Da bin ich ganz ihrer Meinung, Herr Anwalt."

Als dieser sich erhob, flüsterte Pfarrer Bromsig Andrada leise etwas zu. Diese sah den Anwalt erstaunt an. „War das es? Ich können gehen?"

Dieser nickte. Dann sah er Mike an. „Oder ist dem etwas entgegenzusetzen?"

Dieser schüttelte den Kopf. „Nein, Frau Pappatresku kann gehen. Wir wissen ja, wie wir sie erreichen können." Er sah dabei zu Pfarrer Bromsig, der seinerseits nickte. „Ich habe Frau Pappatresku erst einmal in einer ehemaligen kleinen, aber solide möblierten Gemeindewohnung untergebracht. Dort ist sie dann auch erreichbar."

Nachdem dies geklärt war, setzte sich der Tross in Richtung Tür in Bewegung.

Mike zog sein Smartphone aus der Tasche, sah die eingehenden Nachricht an und tippte schnell etwas.

Stirnrunzelnd sah der Staatsanwalt ihn an. „Muss das ausgerechnet jetzt sein?", brummte er.

Mike steckte langsam sein Smartphone in die Tasche zurück. „Ja, meine Frau ist eben in München gelandet und hat sich gewundert, warum nicht, wie vereinbart, ich, sondern eine Freundin sie abholt."

Er konnte eine gewisse Schärfe in seiner Stimme nicht unterdrücken. „Und das alles, weil ich meinen freien Tag wegen dieser Farce hier canceln musste."

Der Staatsanwalt sah ihn erstaunt an. „Das tut mir jetzt leid", sagte er leise und Mike nickte.

„Schon gut. Also ich denke mal, Andrada Pappatresku ist raus aus dem Spiel und wir stehen wieder bei Null."

Gebhardt hatte sich erhoben und sah Mike an.

„Treffender hätte ich es auch nicht ausdrücken können."

Beim Hinausgehen stoppte er kurz und wandte sich zu Mike um.

„Es tut mir wirklich aufrichtig leid, Herr Hauptkommissar, aber sie sollten zumindest zu Hause sein, wenn ihre Frau nachher ankommt."

Mike erwachte von einem Geräusch, das er für eine Sekunde nicht einordnen konnte. Dann wusste er, es war sein Smartphone. Er wollte nach der Uhr schauen, als ihm bewusstwurde, das Kate nackt, wie eine Krabbe zusammengerollt, an seinem Körper gepresst schlief. Ihr Kopf lag auf seiner Schulter, von der er jetzt erst merkte, dass sie schmerzte.

Vorsichtig griff er zum Nachttisch und angelte nach seinem Smartphon. Als er im Display die Nummer sah, runzelte er die Stirn.

„Köhler", murmelte er und hörte zu. „Ja, Herr Obermeister, dann rufen sie bitte den Kriminaldauerdienst an, ich habe frei."

Neben ihm regte sich Kate und er wurde zunehmend sauer. „Ich sage es ihnen jetzt noch einmal…" Er brach ab und schluckte. „Gut. Dann ist es natürlich korrekt, dass sie mich angerufen haben. Entschuldigen sie die Abfuhr. Ich komme."

Neben ihm tauchte Kate schlaftrunken auf.

„Was?", fragte sie ziemlich orientierungslos. Der Jetlag schien sie noch voll im Griff zu haben.

Er schwang die Beine aus dem Bett, beugte sich zu ihr und drückte ihr einen Kuss auf die Wange.

„Wir haben noch einen Toten. Auf seinem Smartphone war eine Nachricht…"

„Lass mich raten, Nemesis?" Kate setzte sich auf und strich ihr verwuscheltes Haar aus der Stirn.

Er nickte. „Leg dich wieder hin."

Damit schloss er leise die Tür und ging ins Bad. Eine Katzenwäsche musste reichen. Dann fuhr er sich über das Kinn. Nein, er musste sich dringend rasieren.

Als er kurz darauf, in ein frisches Hemd, Jackett und Hose gekleidet in Richtung Küche ging, nahm er den Geruch von Kaffee wahr.

Kate stand, in Jeans und Shirt, an die Küchenzeile gelehnt und ließ gerade Kaffee in einen Thermobehälter.

Erstaunt sah Mike sie an. „Wir haben das in der Ausbildung gelernt, in zwei Minuten startklar zu sein."

Demonstrativ sah sie auf die Uhr. „Sieben Minuten, mein Lieber, da ist noch Luft nach oben."

Sie hielt ihm den einen, bereits gefüllten, Thermobecher entgegen. „Ich dachte mir, ich komme gleich mit?"

Sie legte den Kopf etwas zur Seite und Mike nickte ergeben. „Vielleicht ist es das Beste. Komm."

„Wohin?", fragte sie knapp, während sie an ihrem Kaffee nippte, als sie durch die menschenleere Stadt fuhren.

„Mühlberg, hat der Kollege gesagt. Irgendwo da unten an der Rähme."

Kate sah zu ihm hinüber. „Das ist doch nur ein paar Meter vom ersten Tatort entfernt."

Mike nickte stumm, als er gerade in die Straßbergerstraße einbog. An der Ecke Straßbergerstraße zum Oberen Graben sahen sie bereits am Mühlberg eine Absperrung. Mike stellte sein Auto gleich auf dem kleinen Parkplatz am Mühlberg ab und der diensthabende Uniformierte winkte ihn und Kate durch.

Sie gingen ein Stück Mühlberg hinunter und dann die Treppen, die sie direkt zur Walkmühle führten. Dort war schon die Spurensicherung zugange. Als Karsten Windisch ihn erblickte, ging er auf ihn zu. Jetzt entdeckte er erst Kate und winkte ihr zu.

„Schön, dass du wieder da bist", sagte er, dann wandte er sich an Mike. „Ein Nachtschwärmer hat ihn gefunden, direkt in dem Durchgang da."

„Das Sexbrückel", sagte Kate und sowohl Mike als auch Karsten sahen sie verblüfft an.

Sie lächelte. „So haben wir die Stelle hier als Jugendliche genannt. Da wurde heftig geknutscht und vielleicht auch mehr." Als sie beiden sie noch immer anstarrten hob sie die Hände. „Also ich nicht, ich meine Sex. Knutschen, naja."

Spontan brachen beide in Gelächter aus, dann verstummten sie abrupt.

Karsten reichte Mike die Fahrerlaubnis des Toten.

„Es war wieder kein Raubmord. EC-Karte, knapp einhundert Euro Bargeld, ein Smartphone, allerdings ein nicht so hochwertiges wie bei Weber."

Kate schaute neben Mike auf die Fahrerlaubnis.

„Sebastian Fischbach", las sie.

„Er war drei Jahre älter als Weber", ergänzte Mike.

Karsten nickte. „Die Kollegen haben auch schon die Adresse. Haselbrunnerstraße."

Mike sah ihn an. „Familienstand?"

„Verheiratet, jedenfalls lebt eine Marina Fischbach, 45 Jahre, in der gleichen Wohnung."

Kate sah Mike an. Sie wusste, dass er es hasste, einem nahen Verwandten eine Todesnachricht überbringen zu müssen.

Karsten holte Luft. „Omar ist auch schon auf dem Weg. Aber ich denke, es war der gleiche Täter. Ein Stich in den Unterleib, dann die Kehle aufgeschlitzt. Und auf dem Smartphone die Nachricht - Nemesis."

Mike schüttelte den Kopf. „Na toll, also wieder eine Serie."

Kate ging etwas näher in Richtung Brücke.

„Darf ich?", fragte sie und Karsten nickte.

Sie nahm sich ein paar Schuhüberzieher und zog Handschuhe an. Das Opfer lag auf der Seite, die Augen aufgerissen. Fast konnte man das Unverständnis darin sehen. Warum ich, warum jetzt und hier? Kate sah auf ihre Uhr. Es war 3.45 Uhr.

„Wann wurde er gefunden?", fragte sie Karsten, der mit Mike ebenfalls nähergetreten war. „Halb drei.

Der junge Mann rief sofort Polizei und Notarzt. Er ist inzwischen nach Hause gegangen, seine Daten haben die Kollegen." Mike nickte, als er ganz in der Nähe ein Geräusch hörte.

Er und Kate sahen sich an. „Omar?", fragte sie und er nickte. Eine Autotür wurde zugeworfen und die herbeieilenden Schritte lösten ein kleines Beben aus.

„Kate", rief der Pathologe aus und umarmte sie so fest, dass sie ihre Rippen knacken hörte. „Schön, dass du wieder da bist", dröhnte er nahe ihrem Ohr und sie zuckte unwillkürlich zusammen. Dann ließ er sie los, drückte ihr einen Kuss auf die Wange und ließ den Blick zu Karsten Windisch gleiten.

„Habt ihr wenigstens einen ordentlichen Overall in meiner Größe?" Dieser streckte ihm einen eingeschweißten Spurensicherungsoverall entgegen.

„Extra frisch eingetroffen."

„Na, geht doch", murmelte Omar und kletterte umständlich hinein. Dann betrat er den Tatort und kniete sich neben den Toten. „Hm", murmelte er und machte in Richtung Karsten eine Bewegung.

Dieser half ihm beim Aufstehen. „Du hast recht mit deiner Vermutung. Sieht fast so aus, wie der gleiche Täter. Ich würde sagen, er ist zwei bis zweieinhalb Stunden tot. Bringt ihn rüber, ich mache mich gleich an die Arbeit." Er sah Mike an. „Wenn du willst, komme ich morgen zur Frühbesprechung gleich ins Präsidium?"

Dieser wartete, bis Omar wieder aus dem Spurensicherungsanzug geklettert war und sah ihn an.

„Ich würde gern zu dir rüberkommen."

Der Pathologe lächelte. „Gebhardt?", fragte er und Mike nickte.

„Also dann, komm Vormittag rüber zu mir und bringe Kate gleich mit." Er zwinkerte dieser zu und ging, mit seinem Koffer beladen, in Richtung SUV, den er, Absperrung hin oder her, direkt am Fuße des Mühlberges geparkt hatte.

„Es ist wie immer, ja keinen Schritt zu viel", murmelte Kate grinsend, als sie ihm nachsah.

„Das lass ihn bloß nicht hören", sagte Karsten. „Er nennt das Ressourcenersparnis in Sachen Zeit und Energie."

Kopfschüttelnd lächelte Kate und sah dann den Leiter der Spurensicherung an. „Irgendetwas verwertbares?"

Karsten riss die Hände in die Luft. „Tausende Spuren, jetzt sehen wir mal zu, was wir daraus machen."

Mike nickte. „Ich fahre jetzt erst einmal zu der Ehefrau." Er warf einen Blick auf seine Armbanduhr.

„Auch wenn es mir nicht gefällt, aber ich muss sie aus dem Bett klingeln."

Er sah Kate an. Normalerweise müsste er Marianne oder Frieder anrufen, aber es reichte wohl, wenn er sich den Rest der Nacht um die Ohren schlug. Und Kate war offiziell als externe Beraterin eingestellt.

„Kommst du mit?", fragte er sie und ihre Miene ließ keinen Zweifel zu.

Kapitel 8

Marina Fischbach war eine leicht korpulente Frau, der man das Alter durchaus ansah. Vielleicht war es auch der Tatsache geschuldet, dass diese jetzt 5.30 Uhr morgens aus dem Bett geklingelt und mit dem plötzlichen Tod ihres Mannes konfrontiert worden war. Anders als Susi Marbach, der Lebensgefährtin von Carlo Weber, verlor sie völlig die Fassung. Es dauerte eine Weile bis sie sich, von Kate mit einem Glas Wasser und vielen tröstenden Worten versorgt, langsam beruhigte.

Mike nutzte die Gelegenheit sich umzuschauen. Die Altbauwohnung hatte einen guten Schnitt und war solide, aber keineswegs luxuriös eingerichtet. Man sah, dass im Hause Fischbach viel gelesen wurde. Auf allen freien Flächen lagen oder standen Bücher, zumeist moderne Literatur und Sachbücher.

„Frau Fischbach, ob sie uns ein paar Fragen beantworten könnten?", hörte er jetzt Kate leise fragen und sah, wie die Angesprochene zaghaft nickte.

Also setzte er sich ihr gegenüber. „Frau Fischbach, wo war ihr Mann heute Nacht?"

Die Frau sah ihn aus rotgeränderten Augen verständnislos an. „Sebastian war die ganze Woche auf Dienstreise in Hamburg. Er sollte heute Vormittag heimkommen. Wissen sie das denn nicht?"

Kate warf Mike einen kurzen Blick zu und der verstand. Frau Fischbach ging davon aus, dass ihrem Mann in Hamburg etwas passiert war.

„Dabei ist er immer so vorsichtig, ob mit dem Auto oder auch sonst", redete sie einfach weiter und wurde von einem erneuten Weinkrampf geschüttelt.

„So wird das nichts", raunte Kate Mike zu und der beugte sich näher an die Weinende heran.

„Frau Fischbach, haben sie jemand, der sich um sie kümmert?"

Diese atmete tief ein. „Unser Sohn lebt mit seiner Familie in Holland, ich muss ihn benachrichtigen, mein Gott, ich…"

In diesem Moment klingelte es. „Bleiben sie sitzen", sagte Kate und ging zur Tür.

Eine zierliche Dame in Marina Fischbachs Alter stand vor ihr und starrte sie feindselig an. „Wer sind sie? Was ist mit Marina?"

Sie erweiterte ihren strengen Blick auf Mike, der hinter Kate aufgetaucht und bereits seinen Dienstausweis gezückt hatte. „Kriminalpolizei."

Die Frau beäugte den Ausweis kritisch, dann atmete sie auf. „Man liest und sieht ja jetzt so viel über falsche Polizisten und als ich Marina weinen hörte und fremde Stimmen. Unser Haus ist doch so hellhörig." Sie zuckte entschuldigend die Schultern.

Mike lächelte. „Das ist völlig in Ordnung und eine mutige Geste von ihnen, Frau…?"

„Schmitz, Carola Schmitz. Marina und ich sind befreundet. Was ist denn los?"

Kate winkte sie ins Innere. „Ihr Mann wurde Opfer eines Verbrechens."

Geschockt schlug die Frau die Hand vor den Mund.

„Ach du liebe Zeit", stammelte sie.

„Carola?", drang es aus dem Inneren des Wohnzimmers. „Marina, ich komme."

Kate hielt sie leicht am Ärmel zurück. „Ob sie vielleicht Frau Fischbach so weit beruhigen könnten, dass sie uns ein paar Fragen beantworten kann? Es wäre sehr, sehr wichtig."

Die Dame schien ihr resolut und auf der anderen Seite auch sensibel genug, um dahingehend positiv auf ihre Freundin einzuwirken. Diese nickte. „Ich schau' was ich machen kann", versprach sie und schloss kurz darauf die weinende Marina Fischbach tröstend in ihre Arme.

„Es wäre ja auch zu schön gewesen, wenn der Name Carlo Weber ihr in Bezug auf ihren Mann etwas gesagt hätte."

Es war inzwischen fast neun Uhr und Mike fuhr mit Kate in Richtung Klinikum. Es war Carola Schmitz tatsächlich gelungen, Marina Fischbach so weit zu beruhigen das sie einige Fragen der Polizei beantworten konnte. Laut ihrer Version war ihr Mann, der seit über zwanzig Jahren Lehrer am Gymnasium in den Fächern Sport und Mathematik war, eine Woche zur Schulung in Hamburg gewesen. Das er bereits zurückgewesen sein soll, konnte sie sich nicht erklären. Carola Schmitz gab ihnen im Anschluss noch einige Hinweise. Die Fischbachs hätten eine gute Ehe geführt und standen kurz vor der Silberhochzeit. Der einzige Sohn, Torben, hatte Biochemie studiert und arbeitete für ein renommiertes Forschungsinstitut in der Niederlanden. Dort hatte er im vergangenen Jahr geheiratet und war Vater einer kleinen Tochter. Von Eheproblemen zwischen Sebastian und Marina habe sie nie etwas mitbekommen. „Wir wohnen seit fast zwanzig Jahren hier gemeinsam im Haus, haben unsere Kinder zusammmen aufgezogen und sie waren mir eine große Stütze, als mein Mann an Krebs starb." Auf Mikes Frage, ob sie sich vorstellen könne, dass Sebastian Fischbach Kontakt zu Prostituierten gesucht hatte, sah sie ihn eine Weile an und schüttelte dann den Kopf. „Wissen sie, Herr Kommissar, man sollte ja niemals nie sagen, aber das kann ich mir bei ihm wirklich nicht vorstellen."

Mike stoppte vor dem Pathologischen Institut auf dem Mitarbeiterparkplatz und lehnte sich etwas zurück. „Ich hoffe nur, Omar hat ein paar Erkenntnisse, die uns weiterhelfen." Er stieg aus, als sein Smartphone klingelte. „Köhler?"

Er deutete Kate zu warten. „Vielen Dank, dass sie so früh zurückrufen." Er lauschte eine Weile und dann sagte er: „Danke nochmals. Nein, das hat mir sehr geholfen. Noch einen schönen Tag."

Sein Blick schwenkte zu Kate, die an der Autotür lehnte. „Das war das Tagungshotel in Hamburg. Also, der Lehrgang ging nur bis Donnerstag und Herr Fischbach hat gestern früh ausgecheckt. Im Übrigen war er auch nicht mit dem Auto, sondern mit dem Zug in Hamburg."

Sie gingen langsam auf die Tür des Pathologischen Institutes zu. „Dann war es also nicht spontan, sondern geplant, der Treff mit wem auch immer und er wollte es seiner Frau verschweigen."

Kate klingelte und kurz darauf öffnete Omar selbst die Tür. „Oh, der Chef höchstselbst."

Mit hochgezogenen Brauen sah dieser Mike an.

„Meine Assistentin Kerstin ist mit diesem verdammten Schotten Macintosh in seiner Heimat auf Urlaub, hoffe ich jedenfalls, dass es nur ein Urlaub ist", brummte er, während er vor ihnen her in sein Büro ging.

Kate sah Mike an, der das Gesicht verzog.

Es war Omars größte Angst, seine geschätzte Kollegin Kerstin Nagler an den Assistenzarzt Jamie

Macintosh zu verlieren, die ihm sicher dann in seine Heimat folgen würde. „Jamie hat doch hier eine gute Stelle mit Aufstiegsmöglichkeiten und Kerstin, ihr zwei seid doch fast wie ein altes Ehepaar", versuchte Kate ihn zu beruhigen.

„Wir werden sehen", brummte er und deutete auf die Stühle. „Also, ich hatte recht, es ist der gleiche Täter. Wieder ein Skalpell, wieder eine ähnliche Schnittführung. Stich in den Unterleib, dann quer über den Hals mit Druckpunkt an der Carotis. Er ist verblutet. Sonst brachte die Autopsie nichts Bewegendes. Guter Gesundheitszustand, fit, ähnlich wie auch bei Weber. Männer in den besten Jahren." Er klappte sein Tablet zu.

Mike stieß die Luft aus. „Also wenn Karsten nichts herausbringt, ich sehe keinen Anhaltspunkt und Gebhardt sitzt mir im Nacken."

Omar zuckte die Schultern. „Ich hätte dir auch gern mehr erzählt, aber aus rechtsmedizinischer Sicht gibt es keine Neuigkeiten."

Mike lehnte sich zurück. „Warum hat er seiner Frau verschwiegen das der Lehrgang nur bis Donnerstag ging? Er wusste es und hat ihr aber gesagt, er kommt erst Freitagvormittag nach Hause. Donnerstag, 9.30 Uhr hat er in Hamburg ausgecheckt, Freitag wurde er gegen 2.00 Uhr ermordet. Wo war er in der Zeit und vor allem, mit wem?"

Omar sah Kate an und dann Mike. „Also wenn du mich fragst, da steckt eine Affäre dahinter. Das wäre meine Theorie."

97

Kate schüttelte langsam den Kopf. „Und die Nach-richt-Nemesis? Nein, da steckt mehr dahinter."

Seufzend erhob sich Mike und schaute auf seine Uhr. „Gut, fahren wir ins Präsidium. Es wäre schön, wenn du mit dabei wärst. Ich habe das mit dem Chef schon geklärt", sagte er zu Kate und diese nickte.

Omar erhob sich geräuschvoll. „Ich werde dann wohl nicht gebraucht, oder?"

Als Mike den Kopf schüttelte, grinste dieser etwas. „Dann arbeite ich zügig den Rest ab und mache zeitig Feierabend. Meine drei Liebsten freuen sich be-stimmt."

Alle hatten sich im Beratungszimmer eingefunden, wo Marianne Jäger bereits ihre Tafel aufgestellt hatte. Rechts und links war jeweils ein Bild der Getöteten. Sie hatte keine Tatortfotos, sondern die Bilder aus dem jeweiligen Personalausweis genommen, was Mike für klug hielt. Sie mussten nicht unbedingt auf die durchtrennten Kehlen starren, zumal es für den Zusammenhang zwischen Weber und Fischbach nicht relevant war. „Alles in allem kann man sagen, dass Weber und Fischbach scheinbar nichts gemeinsam haben. Da sind drei Jahre Altersunterschied, Fischbach hat Abitur und Lehramt studiert. Danach kehrte er nach Plauen zurück, bekam eine Stelle am Gymnasium und heiratete Marina Fischbach. Weber ging mit der 10. Klasse nach einer Ehrenrunde und mit nicht gerade berauschenden Noten von der Schule ab und begann eine Maurerlehre. Er entwickelte sich allerdings zum Selfmademan und gründete eine eigene Firma, sehr erfolgreich. Seine erste Frau ist an Krebs gestorben, seit ein paar Jahren lebt er mit Susi Marbach zusammen. Die beiden Kinder aus seiner ersten Ehe wohnen noch zu Hause." Marianne trat von ihrem Bord zurück. „Es gibt keine erkennbaren Schnittpunkte. Sebastian Fischbach, der früher in der Antonstraße wohnte, ging erst in die Dittes-, später in die Diesterwegschule. Er war sehr sportlich, spielte auch Fußball. Carlo Weber wohnte früher in der Herbartstraße und ging in die gleichnamige Schule. Mit Sport, zumindest aktiv, hatte er wohl nichts am Hut." Sie nahm wieder Platz.

Karsten Windisch ergriff das Wort. „Es wurden wieder Fasern gefunden und die gleichen wie bei Carlo Weber. Ein Kunststoffgewebe aus DDR- Zeiten. Da haben wir ein bisschen recherchiert. Also, diese Kunststofffaser wurde ausschließlich in der Textilindustrie eingesetzt. Darum habe ich mit dem Institut für Textil- und Ledertechnik Kontakt aufgenommen, mit der Probe von Weber. Jetzt habe ich ein Resultat. Das Gewebe wurde in den späten 1980-ziger Jahren hergestellt und zu Röcken und Hosen, bevorzugt im Bereich Jugendmode, verarbeitet. Allerdings gab es das dann überall in der ehemaligen DDR zu kaufen, damit kommen wir nicht weiter."

Marianne Jäger hatte sich etwas nach vorn gebeugt. „Vielleicht doch. Du hast doch gesagt, die Spur wirkte wie gelegt?", fragte sie an Karsten Windisch gerichtet. Dieser nickte. „Ja, auch bei Fischbach war das so, einige Fasern auf dem Ärmel. Aber geradezu so gelegt, dass wir sie finden mussten.

Ehe Mike etwas sagen konnte, wurde die Tür aufgerissen und Staatsanwalt Doktor Gebhardt kam herein. Er hielt eine Zeitung in der Hand, dessen Titel Mike, trotzdem sie auf dem Kopf stand, lesen konnte. Unwillkürlich stöhnte er auf. *Freie Plauener Stimme*, das hatte ihm gerade noch gefehlt. Gebhardt hielt ihm das Titelblatt, das er jetzt gedreht hatte, direkt vor die Augen. „Bauunternehmer Weber von Prostituierter getötet?" Darunter etwas kleiner. „Die Polizei tappt im Dunkeln und der nächste Tote ist schon da."

Kate hatte fast fluchtartig das Beratungszimmer verlassen, nachdem das Wortgefecht zwischen Mike und dem Staatsanwalt kein Ende zu nehmen schien. Sie hoffte nur, dass sich Mike hier nicht von seiner Wut mitreißen ließ, da Gebhardt dem Mord am Besitzer von WeberBau mehr Priorität zuzumessen schien als dem am Gymnasiallehrer Fischbach.

Dafür brachte, dass wusste sie, Mike gar kein Verständnis auf, er hasste diesen Filz und Klüngel, wie er zu sagen pflegte.

Da sie mit Mikes Auto gefahren waren, war sie zu Fuß, was kein Problem war, da der Ort, den sie aufsuchen wollte, in unmittelbarer Nähe lag, in der Moritzstraße. Ein relativ kleines Schild wies darauf hin, dass hier die Redaktion der *Freien Plauener Stimme* war.

Kate betrat das Haus und wandte sich nach rechts. Die Tür zur Redaktion war abgeschlossen und aus dem Augenwinkel sah sie eine Überwachungskamera. Scheinbar war man sich hier im Klaren, dass man mit einigen Artikeln ziemlichen Wirbel auslöste, der auch ungebetene Besuche nach sich ziehen konnte.

Sie betätigte die Klingel und kurz darauf wurde die Tür von einer jungen Frau mit Deadlocks geöffnet.

Sie lächelte Kate an. „Was kann ich für dich tun?", fragte sie.

„Ich möchte zu Maximilian Krause."

Die junge Frau musterte Kate von oben bis unten. „In welcher Angelegenheit?", fragte sie nach.

Kate war sich sicher, das Krause im Inneren mithörte. „Das sage ich ihm selbst, also?"

Als sich die junge Frau nicht bewegte, drehte sich Kate auf dem Absatz um. „In einer Stunde, in der Kaffeerösterei. Wenn er nicht kommt, entgeht ihm eine wirklich gute Story", sagte sie über die Schulter und wartete keine Antwort ab, sondern schloss die Haustür hinter sich.

Maximilian Krause wäre kein Journalist gewesen, wenn er nicht zu dem Treffen erschienen wäre, zumal ihm die Kaffeerösterei als ein sicherer Ort erschien. Schweigend setzte er sich Kate gegenüber, nachdem er den Besitzer, den er zu kennen schien, mit Handschlag begrüßt hatte.

„Wie immer?", fragte Daniel ihn, was Kates Vermutung bestätigte.

„Also, Frau Schulz?", fragte er, ohne eine Begrüßung. Scheinbar erwartete er, dass Kate erstaunt war, woher er wusste, wer sie war. Ohne eine Miene zu verziehen, wartete sie, bis Daniel Krause einen doppelten Espresso serviert hatte und hinter seinen Tresen zurückging. Ihr Gegenüber wurde zusehends unsicherer, da sein Überraschungseffekt scheinbar nicht gelungen war.

„Schickt ihr Mann, Hauptkommissar Köhler sie vor?", versuchte er einen erneuten Anlauf, als Kate, sichtbar gelangweilt, ihre Cappuccinotasse zum Mund führte.

Krause rückte verärgert in seinem Sessel nach vorn. „Also, was haben sie für mich?", fragte er gereizt und

102

Kate lächelte charmant. „Na also, ich dachte schon, sie fragen nie."

Betont langsam stellte sie ihre Tasse ab. „Hören sie, Maximilian. Ich möchte mit ihnen einen Deal aushandeln. Ich brauche sie für eine Recherche."

Sie hob die Hand, als er etwas sagen wollte. „Wenn es so einfach wäre, würde ich meine eigenen Leute damit beauftragen. Aber es geht um eine Zeit, als noch nichts oder fast nichts digitalisiert war. Sie müssen mir allerdings ihr Wort geben, über diese Recherche absolutes Stillschweigen zu bewahren. Dafür würde ich ihnen nicht nur die Exklusivrechte für eine gute, eine wirklich gute Story versprechen. Ich würde auch langfristig eine Zusammenarbeit mit ihnen favorisieren."

Maximilian Krause starrte sie an und schwieg.

Nach einer Weile zuckte Kate die Schultern, erhob sich und sagte: „Gut, vergessen sie`s."

Sie nahm ihre leere Tasse und reichte sie Daniel über den Tresen.

Als sie schon fast an der Tür war, rief Krause: „Frau Schulz, Kate. Warten sie bitte."

Langsam drehte sie sich um und schlenderte zurück. Sie blieb stehen und hielt ihm die Hand hin.

„Deal?", fragte sie und er schlug ohne Zögern ein. Sein Händedruck war unerwartet fest.

„Deal", sagte er und Kate nahm wieder Platz.

Kapitel 9

Kate nahm ihren Wagen und fuhr zum Haus von Carlo Weber. Sie hatte Glück, seine Lebensgefährtin kam gerade mit einem schicken Sportwagen nach Hause, fuhr an Kate vorbei und stellte diesen unter einen Carport. Dann erst nahm sie das fremde Fahrzeug wahr und die Frau, die gerade eben ausstieg.

„Sind sie von der Presse?", fragte sie scharf und musterte Kate wie ein lästiges Insekt.

Diese schüttelte den Kopf und reichte ihr eine Visitenkarte über den Zaun.

„Private Ermittlungen?", fragte die Frau stirnrunzelnd. Der misstrauische Gesichtsausdruck war noch nicht verschwunden.

„Frau Marbach, darf ich mich einmal mit ihnen unterhalten?"

Susi Marbach musterte sie eine Weile schweigend, dann drückte sie auf einen Knopf und die Tür öffnete sich elektrisch.

„Kommen sie herein", sagte sie und deutete in Richtung Haustür. Nachdem Kate in dem großzügig geschnittenen Wohnzimmer Platz genommen hatte, kam Susi Marbach mit zwei Gläsern und einer Wasserkaraffe zurück und setzte sich ihr gegenüber. „Ich habe bereits der Polizei alles gesagt."

Sie sah Kate noch immer mit einer Mischung aus Misstrauen und Neugier an.

Diese lehnte sich etwas vor und ergriff das Wasserglas. „Frau Marbach, die Polizei hat sie bestimmt auch zu dem Fakt befragt, ob ihr Lebensgefährte Kontakte zu Prostituierten hatte?"

Susi Marbach musterte sie genau, konnte aber scheinbar kein Zeichen irgendeiner Missbilligung feststellen. Sie holte geräuschvoll Luft. „Ja, und diese Kommissarin Jäger gab mir das Gefühl, irgendwie Schuld daran zu haben."

Kate setzte ihr Glas ab und breitete die Hände aus. „Auch Polizeibeamte sind nur Menschen und vielleicht war Kommissarin Jäger in irgendeiner Weise …"

„Ach was", unterbrach Susi Marbach sie. „Ich habe davon nichts gewusst." Als sie Kates Blick spürte, zuckte sie leicht die Schultern. „Naja, doch. Ich habe es geahnt und irgendwie auch gewusst."

Kate unterbrach sie nicht. Sie wollte auf keinen Fall Druck aufbauen und sie so am weiteren Reden hindern.

Susi Marbach lehnte sich zurück und verschränkte die Hände ineinander. „Carlo und ich lernten uns in seinem Unternehmen kennen. Als ich dort als Sekretärin angefangen habe, war seine Frau schon krank, dass wusste die ganze Belegschaft. Jeder hat ihn bedauert. Er hatte dieses große Unternehmen, zwei Kinder und eine schwerkranke Frau. Aber er hat das alles gestemmt. Als seine Frau gestorben war, hat er sich gerade mal eine Woche frei genommen, um alles zu regeln. Dann war er wieder von früh bis spät im Geschäft. Eines Abends waren wir nur noch allein und haben uns lange unterhalten. Er sagte mir, er brauche wieder eine Frau im Haus, nicht, um den Haushalt zu machen, dazu hatte er jemand, sondern für die Kinder und auch für sich. Um gern wieder nach Hause zu kommen, reden zu können."

Sie machte eine Pause und holte tief Luft.

„Ich weiß, es klingt komisch, aber ich hatte gerade eine ziemliche Enttäuschung hinter mir. Mein Partner war mehrfach handgreiflich geworden, da bin ich schließlich weg und er hat mich anschließend gestalkt. Carlo wusste das, er hat ihn sogar einmal eigenhändig vom Firmengelände geworfen. Jedenfalls machte er mir an diesem Abend das Angebot, zu ihm zu ziehen."

Kate schwieg, aber sie war sich klar, dass das Susi Marbach der Polizei mit Sicherheit nicht erzählt hatte.

„Wir waren uns schnell einig", fuhr diese fort. „Innerhalb der nächsten zwei Wochen war ich bei ihm eingezogen. Meine Arbeit habe ich aufgegeben und Carlo hat mich finanziell abgesichert. Aber profitiert habe ich von seinem Tod nicht."

Kate sah sie jetzt an. „Heißt das, sie hatten keine sexuelle Beziehung?", fragte sie, um einen neutralen Ton bemüht.

Susi Marbach lächelte. „Das erstaunt sie, nicht wahr? Aber so war es. Carlo und ich haben darüber gesprochen, ganz offen. Er stand sexuell eher auf die härtere Tour und ich hatte davon die Nase voll von meinem Ex. Also ließen wir es sein und führten eine wirklich harmonische, asexuelle Beziehung."

Als sie bemerkte, dass Kate nicht erstaunt wirkte,

verstärkte sich ihr Lächeln. „Sehen sie, darum habe ich sie hereingelassen, Frau Schulz. Sie urteilen nicht darüber?"

Kate schüttelte den Kopf. „Warum sollte ich. Wissen sie davon, dass Carlo Weber auch mit seiner jetzigen Sekretärin eine kurze Affäre hatte?"

Frau Marbach lachte. „Ach das. Das war, wie sagt man so schön, ein Ausrutscher. Aber die Kleine hat sich Hoffnung gemacht und himmelte ihn an."

Kate wog den Kopf hin und her. „Er hat ihr gesagt, sie wären schwer krank und würden sterben und daher könne er sie nicht verlassen."

Susi Marbach sah sie verblüfft an. „Darum hat diese Kommissarin Jäger mich gefragt, ob ich Krebs habe?" Dann schüttelte sie energisch den Kopf. „Nein, Frau Schulz. Ich kann mir bei Carlo viel vorstellen, aber das mit Sicherheit nicht."

Kate glaubte ihr. Sie wusste von Mike, dass diese Cindy Gerhard ein ziemlich wackeliges Alibi hatte. Aber jetzt gab es einen neuen Toten. Sollte das ein raffiniertes Ablenkungsmanöver sein?

„Sagen sie, Frau Marbach, kennen sie einen Sebastian Fischbach? Hat ihr Lebensgefährte ihn einmal erwähnt?"

Diese schüttelte sofort den Kopf. „Das hat mich auch die Polizei gefragt. Nein, der Name sagt mir nichts. Das ist der andere Tote, nicht wahr?"

Sie stellte ihr Wasserglas hart auf dem Tisch auf.

„Das ist ja ein Alptraum. Da mordet jemand wahllos Menschen und die Polizei stochert in Carlos Leben

107

herum und die Presse schlachtet es aus."

Kate erhob sich. „Wissen sie, Frau Marbach, ich denke nicht, dass die Morde wahllos passieren, sondern irgendwie im Zusammenhang stehen, aber wie?" Dann reichte sie Susi Marbach zum Abschied die Hand.

Die Befragung von Marina Fischbach gestaltete sich ungleich schwerer. Die Frau wollte sie keinesfalls in die Wohnung lassen und blockierte geradezu die Flurtür.

„Ich habe meine Aussage bei der Polizei gemacht. Ich muss nicht mit ihnen sprechen", wiederholte sie bereits das dritte Mal und wollte bereits die Tür endgültig ins Schloss ziehen, als von oben ein Mann durch den Hausflur herunterkam.

„Alles in Ordnung, Marina?", fragte er besorgt.

Die Stimme ließ Kate herumfahren. Ihre Blicke begegneten sich und der Mann grinste breit.

„Hey, Frau Schulz. Na, das nenne ich ja mal eine Überraschung." Er trat heran und drückte Kates Hand fest.

„Hallo, Herr Neupert", sagte Kate und lächelte zurück. „Sie wohnen hier?"

Der nickte. „Ja. Ich hatte ihnen doch gesagt, ich habe die Chance, wieder in meinem alten Job zu arbeiten und die habe ich genutzt und bin aus der Trockentalstraße weggezogen. Und jetzt wohne ich hier."

Dann sah er zu Marina Fischbach, die erstaunt der Begrüßungsszene gefolgt war. „Sie ermitteln wohl jetzt im Fall von Marinas Mann? Ich sag ihnen eins, wenn sie das Schwein erwischen, dann steigen sie in meinem Ansehen noch mal ein ganzes Stück."

Er nickte ihr zu und deutete nach unten. „Ich muss dann mal, die Schicht fängt an."

Marina Fischbach sah ihm nach. „Sie kennen sich?", fragte sie schließlich Kate.

Die nickte. „Ja. Er hat uns in einem anderen Fall einmal einen entscheidenden Hinweis gegeben."

Dabei verschwieg sie wohlweislich, wie sie ihn damals erst einmal zu Boden ringen musste, als dieser Pfarrer Bromsig körperlich bedrängte.

„Na gut, dann kommen sie herein", sagte Marina Fischbach schließlich.

Nachdem Kate Platz genommen hatte, sah die Witwe von Sebastian Fischbach sie lange an. „Ich weiß zwar nicht, was ich ihnen anders als der Polizei erzählen soll, aber bitte." Sie nahm selbst Platz, aber anders als Susi Marbach bot sie Kate nichts an. Ob aus schlichtem Vergessen, Desinteresse oder aus Kalkül, um die ungebetene Besucherin schnell wieder loszuwerden, wusste Kate nicht. Am Ende war es ihr auch gleichgültig.

„Frau Fischbach, ihr Mann hat ihnen gesagt, die Schulung in Hamburg geht bis Freitag, aber sie ging nur bis Donnerstag. Trotzdem kam er nach Plauen, aber nicht nach Hause. Haben sie einen Verdacht, wo er gewesen sein könnte?"

Sie sah, wie die Frau fast schmerzhaft das Gesicht verzog. „Frau Fischbach", schob Kate leise nach. „Wurde ihr Mann vielleicht erpresst?"

Es schien fast so, als würde sich deren Gesicht etwas aufhellen. Das war ein Rettungsanker, den sie scheinbar nur zu gern ergriff.

„Das wäre eine Möglichkeit", sagte sie langsam, aber sichtlich erleichtert. „Warum ist die Polizei nicht darauf gekommen?"

110

Kate ließ das erst einmal unkommentiert. „Gab es denn irgendetwas, was ihn erpressbar gemacht hätte?"

Marina Fischbach sah sie ratlos an. „Mir fällt nichts ein. Er war ein guter Pädagoge und seine Schüler mochten ihn. Das hat mir der Direktor erst gestern bei seinem Beileidsbesuch bestätigt, dass er…"

Tränen erstickten ihre Stimme und sie schluckte.

Kate ergriff ihre Hand und drückte sie. „Gewiss war er das, Frau Fischbach. Darf ich ihnen noch eine sehr persönliche Frage stellen? Könnte ihr Mann eine Geliebte gehabt haben?"

Die Witwe schüttelte langsam den Kopf. „Nein, er ging pünktlich und kam pünktlich nach Hause. Wie sollte er das gemacht haben?"

Kate wagte sich noch einen Schritt weiter.

„Dann verlief ihr Eheleben harmonisch?"

Die Antwort kam prompt. „Es raucht wohl in jeder Küche einmal, pflegte meine Oma immer zu sagen. Natürlich hatten wir mal eine Differenz, aber streiten? Streiten konnte man mit Sebastian gar nicht. Lieber lenkte er wieder ein. Wir sind in all unseren Ehejahren nie einmal im Streit ins Bett gegangen, das haben wir vorher ausdiskutiert."

Kate war mit ihrem Latein am Ende. „Danke Frau Fischbach", sagte sie und erhob sich, als ihr IPhone klingelte.

Kate traf Maximilian Krause wieder in der Kaffeerösterei. Sie sah an seiner Miene, dass er eine positive
Nachricht auf Lager hatte. Aber zunächst sah er sie
prüfend an.

„Sie stehen zu ihrem Wort?", fragte er. „Wenn der
Täter gefasst ist, bekomme ich die Exklusivrechte auf
die Story?"

Kate nickte, auch wenn sie noch nicht wusste, wie sie
das Mike verkaufen sollte. Aber das erschien ihr alles
so unwichtig. Hauptsache, sie kamen in diesem Fall
einmal weiter.

„Gut", sagte Krause gedehnt. „Ich vertraue ihnen."

„Bleibt dir wohl kaum was anderes übrig", dachte sie
und lächelte ihn an.

Er lehnte sich zurück und sah zu Daniel hinüber, der
gerade eine Kundin bediente.

„Ich habe den Zusammenhang zwischen Fischbach
und Weber gefunden."

Kate spürte, wie sie bis in die Haarspitzen elektrisiert
war. „Und?", fragte sie ungeduldig. Mein Gott, der
Kerl hatte wirklich einen Hang zur Dramatik.

Als spüre er, dass er das jetzt besser nicht ausreizen
sollte, brachte er die Kopie eines alten Zeitungsarti-
kels aus der Tasche und legte ihn vor Kate hin.

Es war ein Artikel von DDR -Zeiten aus der regiona-
len Presse. Auf einem Bild waren drei Jungs abgebil-
det. Darunter fielen Kate sofort die Namen auf. Sebastian Fischbach, Carlo Weber und Kevin Basler.

„Ist das das, was sie gesucht haben? Ist es der Zusammenhang?", fragte Krause.

Kate nickte und sah ihm fest in die Augen. „Ja, aber vorerst, kein Wort, zu niemand."

Er nickte, ohne zu zögern.

Kate sprang auf, klopfte dem erstaunten Krause auf die Schulter und rief Daniel zu: „Setz alles auf meine Rechnung, auch das von ihm."

Sie deutete auf Maximilian Krause und war damit zur Tür hinaus.

Kate hatte Mike selten so verärgert gesehen.

„Was denkst du dir eigentlich dabei, die Ermittlungen faktisch an dich zu reißen? Du verhörst Susi Marbach und Marina Fischbach und jetzt spannst du auch noch diesen Journalisten für deine Zwecke ein."

Kate saß, den Zeitungsartikel noch immer in der Hand haltend, im Beratungsraum des Polizeireviers und sowohl Marianne Jäger als auch Karsten Windisch folgten schweigend der Auseinandersetzung.

„Erstens", begann Kate betont gelassen, wie sie immer in solchen Situationen reagierte. „Ich habe die beiden Frauen nicht verhört, ich habe mich mit ihnen unterhalten und wahrscheinlich die richtigen Fragen gestellt. Oder war euch klar, dass diese Cindy Gerhard höchstwahrscheinlich gelogen hat, als sie behauptete, dass Weber ihr erzählt hatte, dass seine Lebensgefährtin Krebs hat und sie deshalb nicht verlassen würde?"

Sie registrierte die erstaunten Blicke, die zwischen Marianne und Karsten gewechselt wurden und fuhr ungerührt fort. „Und Maximilian Krause habe ich eingespannt, weil er vielleicht ein nervender Zeitgenosse ist, aber kein schlechter Journalist und er weiß, wie man gut recherchiert. Prompt hat der diesen Artikel gefunden."

Sie wedelte mit der Kopie. „Carlo Weber und Sebastian Fischbach kannten sich. Als Dreizehn- beziehungsweise Fünfzehnjährige waren sie in der Arbeitsgemeinschaft *Film* im damaligen Pionierhaus."

Sie legte jetzt den Artikel fast behutsam auf den

114

Tisch. „Hier steht, dass die zwei Freunde, Sebastian und Kevin, seit Jahren dieser AG angehören und Carlo jetzt hinzugekommen ist."

Auf Mike wirkte Kates gelassene Art in solchen Situationen immer wie eine kalte Dusche, half ihm aber, seine Emotionen in den Griff zu bekommen.

Er zog den Artikel zu sich heran und las ihn.

„Und du denkst wirklich, in einer Jugendbekanntschaft liegt die Wurzel dieser Morde?", fragte er skeptisch.

Kate zuckte die Schultern. „Hast du denn eine bessere Idee?"

Auf diese Provokation ging er nicht ein, zumal ihm jetzt bewusst wurde, dass Marianne und Karsten sie beide beobachteten wie die Zuschauer eines Tischtennismatsches.

„Gut, dann werden wir diesen Kevin…" Er sah nochmals auf den Artikel.

„Kevin Basler", ergänzte Kate. „Das könnt ihr euch sparen. Kevin Basler kam vor zwei Jahren bei einem Autounfall ums Leben."

„Mist", murmelte Karsten Windisch.

Mike räusperte sich. „Gut. Dann fahren wir jetzt zu Cindy Gerhard. Marianne, kommst du bitte."

Ohne nochmals mit Kate zu sprechen, ging er hinaus, Marianne Jäger folgte ihm mit einem Schulterzucken in Richtung Kate. Als er die Tür hinter sich geschlossen hatte, sah Karsten Kate an.

„Dicke Luft?", fragte er und sie lächelte. „Das legt sich wieder."

115

Der Leiter der Spurensicherung sah sie lange an.

„Und was hast du jetzt vor?"

Kate zog leicht die Augenbrauen nach oben. „Ich? Wieso?"

Kasten lachte dröhnend und winkte ab.

Miriam Basler war eine attraktive Mittdreißigerin mit langen, dunkelroten Haaren und einer Modelfigur. Das Einfamilienhaus an der Scharnhorststraße war schlicht, aber edel eingerichtet.

Sie ließ Kate ohne langes Zögern in das Wohnzimmer und bot ihr einen Kaffee an. Dann schaute sie auf den Zeitungsartikel, den Kate ihr reichte. Ein breites Lächeln erschien auf ihrem Gesicht.

„Mein Gott, war Kevin damals jung."

Dann legte sie den Artikel auf den Couchtisch. „Sie sagten am Telefon, ob mir die Namen Fischbach und Weber etwas sagen? Also WeberBau hat unser Haus hier gebaut und ich wusste, dass Kevin und Carlo sich kannten. Aber von einem Fischbach habe ich nie etwas gehört."

Kate sah sich um. „Ich dachte immer, WeberBau ist nur in größere Objekte involviert, ich wusste nicht, dass sie auch Einfamilienhäuser bauen."

Miriam Basler zuckte die schmalen Schultern.

„Es war bestimmt ein Gefallen für Kevin, weil sie sich doch schon so lange kannten."

Lächelnd sah sie wieder auf das Bild vor sich. „Und die Filmerei hat ihn ja auch sein ganzes Leben begleitet. Es war zwar ein Hobby, aber aufgegeben hat er es nie. Sogar als wir hier eingezogen sind, hat er die ganzen alten Schmalfilme mitgeschleppt, die landeten alle in seinem Arbeitszimmer. Ich hatte einfach nicht die Kraft sie zu entsorgen nach seinem Tod. Carlo, also Carlo Weber, hat ein paar Mal angeboten es zu übernehmen, aber ich wollte noch nicht, es ist…"

Sie stutzte plötzlich und sah Kate an. „Wissen sie, vor ein paar Wochen war eine junge Frau da. Sie sagte mir, sie schreibe ihre Masterarbeit über das Alltagsleben in der ehemaligen DDR und hier sei sie besonders an alten Filmen interessiert. Ob sie vielleicht die alten Filme, gerade die von der Wendezeit sichten dürfe. Ich war etwas hin- und hergerissen und bat mir eine Bedenkzeit aus. Immerhin kannte ich die Filme selbst nicht. Sie hat dann fast jeden Tag angerufen, bis es mir zu viel wurde. Das habe ich ihr dann klipp und klar gesagt."

Kate war hellhörig geworden. „Und wo sind diese Filme?", fragte sie und Miriam Basler spürte an ihrem Verhalten, das irgendetwas nicht in Ordnung war. „Sie denken doch nicht etwa, dass das etwas mit Carlos Tod zu tun hat?"

Sie erhob sich. „Kommen sie. Die Filme sind in Kevins ehemaligen Arbeitszimmer, das ist im Kellergeschoss. Ich habe es einfach so gelassen, weil ich die Räume nicht benötige."

Sie ging, gefolgt von Kate, eine breite Treppe hinunter und öffnete eine unverschlossene Tür. „Hier…"

Sie stockte auf der Schwelle und Kate sah an ihr vorbei in einen völlig verwüsteten Raum.

Miriam Basler wurde blass. „Mein Gott… wer hat denn…"

Kate zückte ihr IPhone. „Lassen sie alles wie es ist, ich rufe die Spurensicherung."

„Da hat wirklich jemand ganze Arbeit geleistet", sagte Karsten Windisch, während seine Leute das Chaos durchforsteten. „Die Kellertür weist Einbruchsspuren auf. So ist der Täter ins Haus gekommen. Wahrscheinlich, als er sicher war, dass die Besitzerin auf Arbeit war."

„Die Täterin", sagte Kate und sah Mike an, der gerade von oben herunterkam.

„Falls du an Cindy Gerhard denkst, muss ich dich enttäuschen. Frau Basler ist zu einhundert Prozent davon überzeugt, dass es sich bei der jungen Frau, die sie kontaktierte, nicht um Frau Gerhard handelt. Im Übrigen nannte sich die junge Frau Sabrina Konrad, wohnhaft in Plauen und sie würde in Dresden studieren. Nur gibt es diese ominöse Frau Konrad weder in Plauen noch in Dresden."

Marianne Jäger kam jetzt auch in den Keller. „Bleibt nur die Alternative, dass sie eine Komplizin hat, die diesen Kontakt zu Frau Basler gesucht hat."

Mike hatte sich an die Kellerwand gelehnt und sah der Spurensicherung zu. Dann sah er abwechselnd Marianne und Kate an.

„Irgendwie ist das alles für eine Cindy Gerhard eine Nummer zu groß. Ja, sie hat gelogen bei dieser Krebsgeschichte, vielleicht, weil sie wirklich glauben wollte, der One-Nigth-Stand mit Weber hätte Zukunft. Aber zwei Morde und einen Einbruch. Wieso?"

Kate nickte langsam. „Wieso? Das ist die Frage aller Fragen."

Marianne Jäger schüttelte langsam den Kopf und sah Staatsanwalt Gebhardt ernst an. „Das können sie doch nicht ernst meinen? Entweder Cindy Gerhard mit einer Komplizin oder Andrada Pappatresku mit einer Komplizin?"

Der Staatsanwalt warf ihr einen genervten Blick zu, seufzte dann aber hörbar auf. „So wie sie das sagen, klingt es wirklich lächerlich."

Marianne nickte.

Gebhardt deutete auf ihre Tafel. „Gut. Es gibt diese Verbindung zwischen Weber und Fischbach, aber da waren sie Halbwüchsige. Irgendwie will es sich mir nicht eröffnen, was das mit den Morden an ihnen zu tun hat."

Kate sah zu Mike, der still neben Frieder Lein und O-mar Amri saß und ihr jetzt zunickte. Sie trat an ihre Tafel. „Sie waren zu dritt, Fischbach, Weber und dieser Kevin Basler, der allerdings nicht mehr lebt. Und es muss um einen Film gehen, der damals gedreht wurde, in der Wendezeit. Denn dafür interessierte sich ja diese junge Frau, die angeblich ihre Masterarbeit darüber schrieb."

Kopfschüttelnd sah Gebhardt auf die Aufzeichnungen. „Trotzdem, es…"

In diesem Moment klingelte Mikes Smartphone und seine Miene hellte sich auf. „Prima, dann bringt sie her und seht zu, dass ihr einen Videorekorder dazu auftreibt." Er sah den Staatsanwalt an.

„Wir haben Glück. Was immer die Täterin gesucht hat, sie hat es nicht gefunden."

120

„Wir haben den Film in einer Kassette gefunden, die hinter einem Regal in die Mauer eingelassen und fast perfekt mit einem Stein getarnt gewesen war. Es war wirklich Glück." Karsten Windisch hielt die Reste einer aufgesprengten Stahlkassette in der einen und eine Videokassette in der anderen Hand.

„Und woher wollen wir wissen, dass es zur Lösung unseres Falles beiträgt?"

Mike ließ sich seine einsetzende Hochstimmung nicht vom nörgelnden Ton des Staatsanwaltes verderben. Er wollte gerade zu einer Erwiderung ansetzen, als der Leiter der Spurensicherung ihm zuvorkam. Der hatte die Stahlkassette, beziehungsweise deren Reste, auf dem Tisch abgestellt und tippte jetzt an einen kleinen Aufkleber an der Videokassette. „Hier steht Maja-1990."

Inzwischen kam ein junger Beamter herein und stellte einen Fernseher auf den Tisch. „Hier, mit integriertem Videorecorder. Hatten wir noch in der Asservatenkammer."

Karsten schloss ihn an und legte die Kassette ein. In diesem Moment kam Marianne Jäger.

„Fertig?", fragte sie und Karsten nickte. „Ja, wir haben nur auf dich gewartet."

Er drückte auf Play und ein etwas wackliges Bild war zu sehen. Es war dunkel und man hörte mehr, als dass man etwas sah.

„Mach doch mal Licht", ertönte eine jugendliche Stimme. Kratzende Geräusche, dann wurde eine

Taschenlampe angemacht und es war Marianne Jäger, die sagte: „Mein Gott, das ist ja widerlich."

Nachdem das Video zu Ende war, sagte niemand ein Wort.

Es war dann Staatsanwalt Doktor Gebhardt, der sich langsam von seinem Stuhl erhob. „Das hier", sagte er mit deutlich belegter Stimme. „Das hier sieht mir schon sehr nach einem Motiv aus."

Er räusperte sich und sah Mike an. „Sehen sie eine Chance herauszufinden, wer das junge Mädchen auf dem Video ist, beziehungsweise war?"

Mike nickte. „Wir haben einen Namen, Maja und ich denke, unsere Techniker bekommen es hin, ein einigermaßen gutes Bild von ihr aus dem Video zu holen. Damit sollte man etwas anfangen können."

Der Staatsanwalt nickte und ging hinaus.

Mike sah zu Marianne, die noch immer sichtbar geschockt war. „Dieser Weber…", sagte sie und brach ab.

Karsten Windisch, der das Video aus dem Fernseher nahm, drehte es in der Hand herum. „Ich geh dann mal in die Technik." In der Tür blieb er stehen. „Ich weiß, ich darf so etwas nicht sagen, aber ich mach es trotzdem. Dieser Weber war ein perverses Schwein und mein Bedauern über seinen Tod hält sich in Grenzen."

Mike setzte zum Sprechen an, schüttelte dann aber den Kopf.

Als die Tür geschlossen war, hörte er den Stuhl, der unter Omars Gewicht ächzte. Der Pathologe hatte bisher nichts gesagt, aber Mike sah, wie es in seinem Gesicht arbeitete. Trotzdem bemühte er sich um einen professionellen Abstand.

„Wir haben jetzt also ein Motiv. Weber hat dieses Mädchen brutal vergewaltigt, Fischbach hat sie dabei festgehalten und dann auch noch mitgemacht und dieser Basler hat gefilmt. Diese Maja hätte das stärkste Motiv, das man sich vorstellen kann. Im Übrigen hat Basler die Kassette deshalb aufgehoben, weil er damit Weber und Fischbach in der Hand hatte."

Mike nickte und war froh, dass sie wieder auf die sachliche Ebene kamen. „Daher hat auch WeberBau sein Haus hochgezogen und das bestimmt zu einem sehr moderaten Preis. Aber was hatte er von Fischbach?"

„Der Sohn der Baslers war bei Fischbach aufs Gymnasium gegangen", sagte jetzt Marianne und es war ihr anzumerken, wie sehr sie noch mit ihren Emotionen kämpfte. „Vielleicht waren seine Noten doch nicht so gut, um anschließend einen Medizinstudienplatz zu bekommen, da hat Fischbach bissel nachgeholfen."

Omar klopfte leise auf den Tisch. „Da wäre es doch gut, mal die Unterlagen von Baslers Autounfall unter diesem Aspekt neu zu sichten. Vielleicht war der Unfall gar keiner."

Mike nickte. „Gut. Das sollen die Kollegen der Verkehrspolizei machen. Wir müssen jetzt diese Maja finden."

Marianne erhob sich. „Ich lasse mal die Melderegister von 1990 checken. Sie war oder ist mit Sicherheit Plauenerin und wenn wir dann noch ein Bild haben." Damit war sie zur Tür hinaus.

Kapitel 10

„Bist du dir sicher, dass du mit hineingehen willst?“, fragte Mike Marianne, die auf dem Beifahrersitz saß und auf das kleine Haus am Obstgartenweg starrte. Sie sah ihn an. „Zweifelst du an meiner Kompetenz?“ Es klang mit Sicherheit schärfer als sie es meinte. Mike ließ sich nicht provozieren. „Nein. Tue ich nicht und das weißt du auch. Ich merke nur, dass dich der Fall emotional belastet.“

Marianne warf ihm einen kurzen Blick zu, dann nickte sie widerwillig. „Ja. Ich denke, ich werde mit den Jahren dünnhäutiger. Vielleicht wäre es wirklich besser, wenn…“

„Quatsch“, unterbrach Mike sie schroff. „Komm mir jetzt nicht wieder damit, dass du aus dem Dienst ausscheiden willst. Dieser Fall nimmt dich etwas mehr mit als sonst. Punkt. Meine Frage war nur, willst du mit reingehen oder soll ich es allein machen.“

Marianne Jäger riss die Beifahrertür auf und stieg aus. „Wir gehen immer zu zweit“, stellte sie klar und öffnete die niedrige Gartentür.

Sie wollte bereits klingeln, als eine ältere Frau die Tür öffnete und die beiden Beamten erstaunt ansah.

„Was wollen sie?“, fragte sie kurz angebunden, sicher vermutete sie, es wären Vertreter oder schlimmeres.

Marianne zeigte ihren Ausweis. „Kommissarin Jäger und das ist mein Kollege, Hauptkommissar Köhler. Frau Frenzel?“ Diese nickte.

„Wir kommen wegen ihrer Tochter Maja…“

„Da kommen sie zu spät. Maja ist tot", sagte die Frau und schloss die Tür.

„Wir können sie nicht zwingen mit uns zu sprechen", sagte Mike, als sie unverrichteter Dinge wieder im Präsidium angekommen waren. „Jetzt müssen wir erst einmal herausbekommen, ob Maja Frenzel wirklich tot ist."

Während sie zurückgefahren waren, hatte Mike schon Frieder Lein darauf angesetzt, irgendetwas über Maja Frenzel herauszubekommen. Wie auf Stichwort kam dieser jetzt in Mikes Büro.

„Also, in Plauen ist ihr nichts passiert, da finde ich nichts. Aber ihre Mutter hat eine Todesannonce aufgegeben, das war im Dezember vorigen Jahres."

Mike sah ihn erwartungsvoll an. „Ja, und?", fragte er, als Frieder nichts sagte.

„Nichts und. Das war alles. Sie hat Plauen Ende 1990 verlassen. Wohin? Keine Ahnung."

„Sie war gerade volljährig und konnte ihren Wohnsitz verlegen, wohin sie wollte. Und wenn sie nicht straffällig geworden ist, wird es schwer sein, ihre Spur zu finden", sprang Marianne Frieder bei.

Mike winkte ab. „Ja, und eine Mutter wird wohl kaum eine Todesanzeige aufgeben, wenn ihr Kind noch lebt. Außerdem wäre Maja Frenzel jetzt um die 50. Frau Basler hat von einer deutlich jüngeren Frau gesprochen. Ich befürchte, auch diese Spur geht wieder ins Nichts."

Marianne wog den Kopf langsam hin und her. „Mein Bauch sagt mir, wir sind auf dem richtigen Weg."

„Und was sollen wir tun?", fragte Mike.

Marianne lächelte. „Ich habe eine Idee, auch wenn ich fürchte, sie wird dir nicht gefallen", sagte sie und sah Mike mit hochgezogenen Augenbrauen an.

Irma Frenzel sah die Frau vor ihrer Tür genauso streng an, wie die beiden Polizisten vor zwei Tagen. „Ich spreche weder mit der Polizei noch mit der Presse."

Sie wollte die Tür bereits schließen, als Kate die Hand ausstreckte. „Bitte, Frau Frenzel, ich bin private Ermittlerin. Bei einer Frau, die vor zwei Jahren ihren Mann verloren hat, wurde eingebrochen. Sie hat mich beauftragt für sie zu ermitteln."

Kate legte damit die Wahrheit etwas sehr großzügig aus, aber das war ihr in diesem Moment egal. Sie musste mit Frau Frenzel sprechen.

„Und was habe ich damit zu tun?", kam die prompte Gegenfrage nicht wesentlich freundlicher.

„Es geht dabei um ein Video. Darauf ist ihre Tochter zu sehen und…" Sie schluckte. „Ihr wurde Gewalt angetan." Wie elektrisiert trat die ältere Dame auf Kate zu. „Sie haben dieses Video gesehen?"

Kate schüttelte den Kopf. „Nein, aber es ist jetzt in Besitz der Polizei."

Irma Frenzel atmete so schnell, dass Kate fast befürchtete, sie würde hyperventilieren.

„Werden die Schuldigen jetzt zur Verantwortung gezogen?", fragte sie schließlich, aber Kate deutete auf die Tür. „Vielleicht sollten wir das drinnen besprechen?"

Ihr Gegenüber maß Kate von Kopf bis zu den Füßen, dann nickte sie und trat rückwärts in die kleine Diele.

„Kommen sie herein", sagte sie und deutete auf das Wohnzimmer.

Kate musste sich beherrschen, keine klaustrophobischen Anwandlungen zu bekommen. Das Wohnzimmer hatte eine sehr niedrige Decke, was durch die dunklen Holzpaneelen noch optisch verstärkt wurde. Alle Vorhänge waren zugezogen und die schweren, dunklen Möbel schienen den Raum völlig auszufüllen. Auf einem Kredenz standen verschiedene Bilder, ein Kind, ein junges Mädchen, eine junge Frau, die Chronologie eines Lebens, das viel zu früh geendet hatte. Vor dem letzten Bild stand eine brennende Kerze. Es war ein Porträt, und die vorher so lebenslustig wirkende junge Frau schaute ernst aus dem Rahmen. „Das war ihr letztes Bild. Es ist aufgenommen, kurz bevor sie…verschwand."

Irma Frenzel brach ab und setzte sich in einen Sessel. Dann deutete sie Kate, auch Platz zu nehmen.

„Was passiert jetzt mit den Männern auf diesem Video, Frau Schulz?", nahm sie plötzlich den Gesprächsfaden wieder auf.

Kate räusperte sich etwas. „Der Mann, der das alles gefilmt hat, hatte vor zwei Jahren einen tödlichen Autounfall und die beiden anderen Männer…"

„Die Vergewaltiger, sagen sie es ruhig", unterbrach Irma Frenzel sie brüsk. „Denen wird nichts passieren, nicht wahr? Nach all den Jahren, verjährt nennt man das ja wohl."

Kate sah, dass Maja Frenzels Mutter am liebsten aufgestanden und sie des Hauses verwiesen hätte. „Sie haben mich nicht ausreden lassen, Frau Frenzel", sagte Kate ruhig. „Die beiden Männer, die ihre

Tochter vergewaltigt haben, wurden getötet."

Eine Weile war absolute Stille in dem kleinen, stickigen Wohnzimmer und Kate wünschte, sie könnte aufstehen, die Vorhänge aufziehen und die Fenster aufreißen. „Der Tote vom Komturhof?", fragte Frau Frenzel.

Kate nickte. Mit dem zweiten Mord war man derzeit noch etwas zurückhaltend, zumal Kate auch Maximilian Krause zurückgepfiffen hatte.

Die alte Dame holte tief Luft. „Ich kann nicht sagen, dass ich das in irgendeiner Art bedauere. Im Gegenteil, wer immer das war, ich bin ihm unendlich dankbar."

Kate beugte sich in dem sehr weichen Sessel etwas nach vorn, nur mühsam die Balance haltend. „Frau Frenzel, warum hat ihre Tochter das damals nicht zur Anzeige gebracht?"

In nächsten Moment dachte sie, die Angesprochene wollte auf sie losgehen und wich unwillkürlich etwas zurück. „Ist das ihr Ernst?", fauchte sie Kate an, aber als diese wohl ziemlich verwirrt schaute, strich sich Irma Frenzel über die Stirn. „Entschuldigen sie", sagte sie leise und warf Kate ein winziges Lächeln zu. „Das können sie ja nicht wissen."

Kate nickte. „Dann sagen sie es mir bitte."

Irma Frenzel atmete tief ein und schloss die Augen. Als sie sie wieder öffnete, sah sie Kate direkt an.

„Also gut. Maja war, sie war das, was man einen schwierigen Jugendlichen nannte. Dabei war sie so ein liebes Kind gewesen, aber dann, mein Mann trennte sich von uns als sie gerade dreizehn war. Es war schon so ein schwieriges Alter, aber das hat sie aus der Bahn geworfen. Ihre Noten wurden schlechter. Sie kam zwar nie mit dem Gesetz in Konflikt, aber es war nahe dran. Und dann ihre Kleidung, superkurze Röcke, bauchfreie Shirts. Den einen Tag war sie so lieb, fast wie früher und dann aggressiv und laut. Irgendwann ist es mir gelungen, sie zu überreden mit einem Arzt zu sprechen. Der überwies sie an eine Psychologin und die diagnostizierte eine schwere Borderline-Störung. Jede Art von Therapie lehnte Maja kategorisch ab, aber ich, verstehen sie mich nicht falsch, Frau Schulz, ich wusste, dass es nicht an meiner Erziehung gelegen hat oder das Maja mich ärgern wollte. Es war eine Störung."

Irma Frenzel unterbrach sich kurz. „Möchten sie etwas trinken?", fragte sie Kate, scheinbar sich an ihre Pflicht als Gastgeberin erinnernd. Als diese den Kopf schüttelte, fuhr sie fort.

„An jenem Abend war sie wieder ´mal auf der Piste`, wie sie es nannte und geriet an diese Kerle. Es ist dort unten bei der Pforte passiert, Richtung Walkgasse. Das war damals ein total verwilderter Weg und schwer einsehbar. Sie hat ihn gern als Abkürzung genommen, wenn sie von ihrer Freundin kam, die in der Dürerstraße wohnte. Als die Kerle endlich von ihr abgelassen haben, ist sie bis zur Pforte gelaufen und dort hat eine Polizeistreife sie aufgelesen."

Kate sah, wie Frau Frenzel mit ihren Emotionen kämpfte, aber sie schwieg und wollte keinesfalls deren Redefluss unterbrechen.

„Maja sagte mir erst später, was damals geschehen war. Der eine Polizist, wohl der Vorgesetzte des anderen, meinte, sie wolle sich nur wichtigmachen. Erst mit den Kerlen rummachen und sie jetzt anhängen wollen. Der andere, der noch jüngere Mann, setzte wenigstens durch, dass sie Maja nach Hause fuhren. Ich habe schon geschlafen, es war ja schon nach 1.00 Uhr und ich musste am nächsten Tag wieder arbeiten. Maja duschte sich, versteckte ihre Anziehsachen und ging ins Bett. Erst über eine Woche später erzählte sie mir von dem Vorfall."

Als sie abbrach, hakte Kate ein. „Was haben sie getan?"

Frau Frenzel lachte bitter auf. „Was wohl? Ich bin zur Polizei. Ich habe diesen Obermeister Fischer aufgesucht. Wissen sie, was er zu mir gesagt hat? Maja hätte keine Anzeige erstattet, aber er sei selbst der Sache nachgegangen. Die drei Jungs haben ausgesagt, sie hätten Maja an diesem Abend kennengelernt und zwei von ihnen hätten einvernehmlichen Verkehr mit ihr gehabt. Das war es." Sie holte tief Luft und sank in den Sessel zurück. Auf Kate wirkte sie wie eine zerbrechliche Porzellanfigur.

„Wann ist Maja gegangen?", fragte sie schließlich so behutsam wie möglich. „Ende des Jahres 1990. Wir hatten noch zusammen Weihnachten gefeiert, wobei gefeiert vielleicht übertrieben war. Sie hatte mir gesagt, dass sie doch kein Abitur machen wolle, zumal sie, aufgrund der Notenlage, die Prüfungen eh kaum

bestanden hätte. Dabei war sie so intelligent."
Schulterzuckend sah Irma Frenzel Kate an.

„Am 28. Dezember war sie früh weg, auf dem Tisch ein Brief. *Mami, ich kann nicht mehr so leben. Ich melde mich, Maja.* Danach bekam ich jeden Geburtstag, jeden Muttertag, jedes Weihnachten eine Karte von ihr. Immer, dass es ihr gut gehe und sie mich lieb hat und ich mir keine Sorgen machen soll. Ich habe einen Privatdetektiv eingeschalten, ohne Erfolg. Manchmal dachte ich, sie lebt schon nicht mehr, aber wer sollte mir diese Karten schicken und es war eindeutig ihre Handschrift. Im Juni vorigen Jahres rief mich das Klinikum Hamburg Altona an. Eine Frau sei mit einer schweren Drogenindoxikation bei ihnen eingeliefert worden. Sie sei obdachlos, habe aber meine Telefonnummer und mein Bild bei sich. Ich bin sofort nach Hamburg gefahren und als ich ankam, lag da meine Maja, im Koma, eine Frau, die nur ein Schatten dessen war, was ich gekannt hatte, aber sie war es. Sie starb noch in der gleichen Nacht, als habe sie auf mich gewartet. Ich habe sie dann nach Plauen überführen und hier bestatten lassen." Eine Weile war es still in dem Zimmer, das Kate jetzt noch bedrückender erschien. „Frau Frenzel. Was sie durchgemacht haben, kann ich mir nicht im Geringsten wirklich vorstellen. Aber ich muss sie das fragen. Können sie sich vorstellen, wer jetzt, nach all den Jahren Rache nimmt an diesen Männern?" Die alte Dame sah sie mit einem langen, intensiven Blick an. „Mir fehlt leider die Kraft dazu, ich war es nicht. Und sonst?"

133

„Ihr werdet dabei nicht viel Glück haben", sagte O-
mar und sah von Mike zu Kate. „Ohne einen staats-
anwaltlichen Beschluss werden die keine Krankenakte herausgeben."

Mike seufzte. „Wenigstens habe ich es versucht,
ebenso wie eine Anfrage bei den Hamburger Kollegen. Wir müssen einfach mehr über Maja Frenzel herausbekommen. Wie und wo hat sie von 1990 bis vori-
ges Jahr gelebt?"

Sie hatten sich zu einem spontanen Brunch im Kaffeehaus Müller getroffen. Auch Kate hatte dazu keine
guten Nachrichten. „Ich habe Steven darauf angesetzt, aber auch er hat bisher nichts gefunden. Maja
Frenzel muss unter dem Radar geflogen sein."

Sie nippte an ihrem Cappuccino. „In Amerika hatten
wir das ja oft, aber ich dachte immer, in good old ger-
many ist das faktisch unmöglich."

Mike grinste. „Hast du eine Ahnung. Obwohl gerade
in der heutigen Zeit fast jeder einen digitalen Ab-
druck hinterlässt."

In diesem Moment klingelte sein Smartphone.

„Köhler." Er lauschte einen Augenblick, dann fragte
er zurück: „Jetzt gleich? Alle. Verstanden. Auch Frau
Schulz. Gut, Herr Doktor Gebhardt, wir machen uns
auf den Weg."

Er sah Kate und Omar an und winkte die Bedienung.
„Gebhardt will uns alle sehen, auf der Stelle."

„Mysteriös", murmelte Omar und schlang noch den
Rest seines Lachsburgers in sich hinein.

Alle hatten sich im Beratungszimmer eingefunden und spekulierten über den Grund des Treffens, als Doktor Gebhardt in Begleitung einer attraktiven Blondine in Businesskostüm eintrat.

„Entschuldigen sie diese schnell einberufene Teamsitzung, aber Frau Doktor Specht von der Staatsanwaltschaft Hamburg kam heute Morgen an und legte Wert darauf, mit allen Beteiligten zu sprechen."

Dann stellte er das Team vor und als er bei Kate angekommen war: „Das ist Frau Katherina Schulz, unsere externe Beraterin. Als ehemalige FBI-Mitarbeiterin ist sie uns sehr oft eine wertvolle Hilfe."

Kate musste fast ein Lächeln unterdrücken. Diese schmeichelnden Worte dienten zweifelsfrei, die junge Kollegin aus Hamburg zu beeindrucken, was scheinbar auch gelang. Nachdem sie jeden Einzelnen mit einem gewinnenden Lächeln zugenickt hatte, trat sie jetzt zu Kate und reichte ihr die Hand.

„Oh, auf so eine kompetente Hilfe können nicht einmal wir in Hamburg zurückgreifen. Ich bin zwar nur kurz in Plauen, aber ich würde mich sehr gern mit ihnen einmal austauschen."

Kate, die die Hand ergriffen hatte, nickte. „Sehr gern."

Dann sah sich die Staatsanwältin um. „Ich möchte gleich zur Sache kommen, um nicht ihre und meine Zeit unnötig zu vergeuden. Also, nachdem, ich erfahren habe, dass sie die Krankenakte von Maja Frenzel aus dem Klinikum Altona angefragt hatten und auch Kontakt zur dortigen Polizei aufgenommen haben, dachte ich, es wäre besser, ihnen alles gleich hier vor Ort zu erläutern." Sie sah, wie die Anwesenden sich erstaunt ansahen und lächelte. „Ich weiß. Es ist wohl eher unüblich, dass sich eine Staatsanwältin persönlich auf den Weg in die...ähm." Sie brach kurz ab, als Omar ergänzte. „Provinz macht." Was ihm ein Lachen der Anwesenden und ein verschmitztes Lächeln der Staatsanwältin einbrachte.

Dann wurde sie ernst. „Sie werden die Unterlagen von Maja Frenzel nicht erhalten, sogar dann nicht, wenn mein wertgeschätzter Herr Kollege hier einen Beschluss ausstellen würde."

Die Stille im Raum war fast greifbar und Staatsanwältin Doktor Specht nahm an dem langen Tisch Platz. „Was ich ihnen jetzt sage, muss unbedingt in diesem Raum bleiben."

„Das versteht sich von selbst", beeilte sich Gebhardt zu sagen.

Sie nickte. „Gut. Frau Frenzel war, unter anderem Namen und mit einer anderen Vita ausgestattet, undercover für die Drogenfandung und die Staatsanwaltschaft tätig. Es ist ihr gelungen, in den inneren Kreis einer Organisation einzudringen und sie hat uns unschätzbare Hinweise zu deren Strukturen, aber vor allen Dingen zu den Versorgungswegen der Rauschmittel gegeben. Ich selbst habe sie nur kurz kennengelernt. Kurz danach muss es irgendwo ein Leck gegeben haben oder sie selbst hat einen Fehler gemacht. Wir werden es nie erfahren. Jedenfalls wurde sie, mit Drogen randvoll, unter einer Brücke gefunden. Wir hatten Glück, dass jemand von der Drogenfahndung mit vor Ort war, als sie gefunden wurde. Wir mussten sehr schnell reagieren. Darum haben wir ihr die Adresse ihrer Mutter und deren Bild in die Tasche gesteckt und ihren richtigen Personalausweis, der bei uns hinterlegt war. damit haben wir wenigstens sichergestellt, dass ihre Mutter sie beerdigen konnte."

Sie öffnete die Hände und sah alle Anwesenden an. „Das ist der Grund, warum ich selbst kam." Dann deutete sie auf Staatsanwalt Gebhardt. „Ich habe Doktor Gebhardt vorhin schon gesagt, dass die Morde, mit denen sie sich hier beschäftigen müssen, also unmöglich von Maja Frenzel begangen worden sein können. Sie ist definitiv tot."

„Das ist ausgesprochen professionell von ihnen, Frau Kollegin", sagte dieser und es war ihm anzumerken, wie angetan er von seiner jungen Kollegin war. Diese erhob sich. „Ich danke ihnen allen für ihr Kommen und wünsche ihnen viel Erfolg bei der Aufklärung ihrer Fälle."

Dann wandte sie sich noch einmal an Kate. „Ich reise morgen früh wieder ab, hätten sie heute Nachmittag Zeit?"

Kate nickte. „Aber gerne doch. In welchem Hotel wohnen sie?" Als sie es sagte, nickte Kate.

„Dann hole ich sie dort 15.00 Uhr ab. Ich zeige ihnen noch gern etwas von der Stadt."

Die Staatsanwältin nickte und ging, gefolgte von Doktor Gebhardt hinaus.

„Sagen sie, Frau Schulz, was hat sie eigentlich nach Plauen verschlagen? Jemand, der beim FBI im aktiven Dienst stand?"

Staatsanwältin Specht ging neben Kate die Bahnhofstraße hinunter. Sie hatte das Businesskostüm gegen ein bequemes, aber hochwertiges Freizeitoutfit getauscht und an der Tatsache gemessen, wie sie mit Kate Schritt hielt, folgerte diese, dass die junge Frau in ihrer gewiss begrenzten Freizeit Sport trieb.

„Bitte, nennen sie mich Kate."

Die Staatsanwältin lächelte. „Nelly."

Kate neigte leicht den Kopf. „Um auf ihre Frage zu antworten, ich bin geborene Plauenerin und mit meinen Eltern in die Staaten ausgewandert. Sie sind beide 9/11 ums Leben gekommen."

Nelly Specht stoppte kurz und sah Kate an. „Gott, das tut mir leid."

Kate ging darauf nicht ein. „Dann wurde meine Großmutter Opfer eines Verbrechens und da ich die noch einzig lebende Verwandte war, bin ich nach Plauen geflogen. Es passte meinem Chief damals recht gut, da mein Partner und ich den Boss einer Gang eliminiert hatten und er Rache fürchtete. Da war ich, nach seiner Auffassung, in Deutschland ganz gut aufgehoben."

Inzwischen waren sie auf dem Marktplatz angekommen und Kate erklärte etwas zur historischen Rathausuhr, um dann mit der Staatsanwältin ins Kaffeehaus Müller zu gehen. Nachdem sie im Außenbereich Platz genommen und bestellt hatten, knüpfte die

138

Staatsanwältin an ihrem vorherigen Thema an. „Warum sind sie hiergeblieben?", fragte sie.

Kate wog langsam den Kopf hin und her. „Ich war mir erst nicht sicher, aber dann schon und jetzt habe ich mich hier glänzend eingelebt."

Ihr Kaffee wurde serviert und nachdenklich rührte Nelly Specht ihren Latte Macciato um. „Ich will ehrlich sein, Kate. Staatsanwalt Gebhardt hat mir ein bisschen was von ihnen erzählt. Externe Beraterin, ach Bullshit. Eine Frau mit ihren Fähigkeiten gehört an eine ganz andere Stelle."

Kate musste unwillkürlich lächeln. „Hat er ihnen auch gesagt, dass ich eine gut gehende Detektei- und Personenschutzfirma habe?"

Die Staatsanwältin nickte. „Aber ja." Dann wandte sie sich halb zu Kate hin. „Wollen sie nicht nach Hamburg kommen? Wir suchen händeringend Leute für sie." Ehe Kate etwas sagen konnte, hob Nelly Specht die Hand. „Ich weiß auch, dass Hauptkommissar Köhler ihr Mann ist. Und jetzt sage ich ihnen etwas, was ich Gebhardt nicht sagen würde. Ich habe vor, ihn auch abzuwerben."

Als Kate nichts erwiderte, legte die Staatsanwältin ihre Hand auf deren Arm. „Besprechen sie es in Ruhe mit ihm, aber sonst Diskretion, okay?"

Kate nickte.

Lächelnd ließ sich Nelly Specht in den Polstern zurücksinken. „Gut. Und jetzt erzählen sie mir alles zu diesen beiden ominösen Morden."

Kapitel 11

„Würdest du ihr Angebot annehmen wollen?", fragte Mike und stellte die Behälter mit dem Indischen Essen auf den Küchentisch. Kate, die gerade Gläser bereitstellte, hielt inne und sah ihn an. „Meinst du das Ernst?"

Mike nickte. „Es wäre für dich eine tolle Chance."

Er setzte sich und schob den Reis in ihre Richtung. „Weißt du, manchmal denke ich, du bist mit dem hier allem unterfordert."

Kate zog die Stirn kraus und nahm sich von dem duftenden Reis. Während sie die anderen Boxen inspizierte, die die Soßen enthielten, goss Mike ihnen Getränke ein. Sich Wein, Kate ihre, nach Omars Rezept, selbstgemachte Limonade. Schließlich entschied sich Kate für das Chicken Masala und lud sich genüsslich den Teller voll.

„Ich bin nicht unterfordert, Mike", sagte sie schließlich mit vollem Mund. „Ich bin froh, dass alles so gut läuft. Ohne mein Team, Chris, Steven, Matt und die anderen, würde mein Büro nicht laufen und das haben sie alle so sehr bewiesen, als ich in den Staaten war. Und würdest du nach Hamburg gehen wollen?"

Er zuckte die Schultern.

„Also bitte und ich habe keine Lust auf eine Fernbeziehung. Damit ist das Thema vom Tisch. Wie kommt ihr voran?"

Mike stocherte ziemlich frustriert in seinem Essen herum. „Wir drehen uns im Kreis. Die Verdächtigen, die ein Motiv hätten, wären Cindy Gerhard, Andrada Pappatresku und Maja Frenzel. Ersteren traue ich es nicht zu, zumal, warum sollte sie Fischbach töten und Andrada Pappatresku hat ein Alibi durch einen Kunden. Maja Frenzel ist definitiv tot, das wurde uns ja heute nochmals von allerhöchster Stelle bestätigt."

Er schob den halbvollen Teller von sich und sah Kate zu, die sehr lange auf einem Hühnchenstück herumkaute. Schließlich beugte er sich nach vorn. „Was geht dir durch den Kopf?"

Sie schrak etwas hoch und schluckte. „Weißt du, bei uns gab es viele Undercover Einsätze, bei einigen war ich sogar mit dabei. In meinem Fall waren es keine großen Sachen, aber ich habe Agents gekannt, die Monate in einer fremden Umgebung, mit einer fremden Identität ermittelten. Das geht ungeheuer an die Substanz, da wird dir wirklich alles abverlangt."

Mike sah sie etwas verständnislos an. „Ja und?", fragte er.

„Ich habe an Maja Frenzel gedacht. Sie hatte eine diagnostizierte Boderline-Störung. So jemand setzt man doch nicht für so eine Mission ein. Zu instabil, weißt du."

Mike über legte eine Weile, dann zuckte er die Schultern. „Vielleicht hat sie eine Therapie gemacht?"

Kate griff zu der Reisschüssel. „Ja, vielleicht."

Dann sah sie ihren Mann an. „Habt ihr herausbekommen, wer die beiden Beamten waren, die damals Maja Frenzel in jener Nacht aufgegriffen haben?"

Er nickte. „Ja, Obermeister Karl-Heinz Fischer, seit

Jahren pensioniert. Er wohnt in Jößnitz und der junge Polizeianwärter Falk Grämlich. Er hat den Dienst sehr schnell quittiert und arbeitet jetzt, so sagt man, bei einer privaten Sicherheitsfirma."

„Wollt ihr sie befragen?" Kate schob ihren leergegessenen Teller von sich.

Mike schüttelte den Kopf. „Warum? Es wird uns nicht weiterbringen. Das ist dreißig Jahre her. Es muss jemand geben, der aktuell diese drei Männer ins Visier genommen hat. Karsten und Omar prüfen noch einmal die Unterlagen des Unfalls. Vielleicht war Kevin Baslers Autounfall gar keiner."

Er seufzte. Dann sah er Kate an. „Ehrlich, ich komme mir vor, als stochern wir in einer trüben Soße umher und fördern nur Teile zutage, die nicht, aber auch gar nicht zueinander passen."

Kate lehnte sich zurück. „Ich denke trotzdem der zentrale Knackpunkt ist die Vergewaltigung von Maja Frenzel. Denk an die Nachricht, Nemesis"

Dann stand sie auf und legte ihrem Mann die Hand auf die Schulter. „Es ist noch so schönes Wetter, lass uns noch etwas laufen."

Alarmiert sah er sie an.

„Nicht joggen. Einfach so, ich denke das tut uns beiden gut."

Kate hatte den ganzen Morgen auf dem Syrauer Gestüt bei ihrem Pferd verbracht, war eine Strecke geritten, dann nach Hause gefahren, hatte sich geduscht und sah sich die Mails an. Lächelnd sah sie auf Stevens Nachricht. Auf ihn war immer Verlass.

Sie zog sich frische Sachen an und fuhr in Richtung Hammervorstadt.

Der Mann, der ihr auf ihr klingeln öffnete, fragte nicht mehr, zu wem sie wolle, sondern nickte ernst und winkte sie herein.

Bogdan Serwowitsch war, wie immer um diese Zeit, in seinem Büro und küsste Kate erfreut auf beide Wangen. Er bot ihr einen Platz und einen Kaffee an, dann setzte er sich ihr gegenüber.

„Wenn du um diese Zeit zu mir kommst, ist es dienstlich. Trotzdem freue ich mich, dich zu sehen. Darf ich sagen, dass du gut aussiehst? Ich hoffe, du fühlst dich auch so?"

Kate hörte ernste Sorge aus seinen Worten und schämte sich etwas, sich erst jetzt bei ihm zu melden.

„Ich bin schon wieder mittendrin im Geschäft, aber wem sag ich das. Aber danke, es geht mir gut, wirklich! Bogdan, für dich arbeitet ein Falk Grämlich?"

Der Plauener Bordellkönig, wie er allgemein genannt wurde, dachte einen Moment nach.

„Ja, Falk. Securitybereich. Ist alles mit ihm in Ordnung?", fragte er alarmiert.

Kate hob die Hand. „Alles in Ordnung. Es geht nur um einen alten Fall, damals, als er noch bei der Polizei war. Wo kann ich ihn finden?"

Er erhob sich und führte ein kurzes Telefonat. Als er zurückkam, setzte er sich Kate gegenüber.

„Er tritt in einer halben Stunde seinen Dienst an. Ich habe veranlasst, dass er kurz hier vorbeikommt. Hilft dir das?"

Kate lächelte. „Du bist ein Schatz. Sag mal, wie geht es eigentlich dieser jungen Frau, Andrada?"

Er zuckte leicht die Schultern. „Pfarrer Bromsig hatte ihr eine einstweilige Unterkunft verschafft, aber jetzt hat sie eine kleine Wohnung und arbeitet für mich." Als Kate schwieg, sah sie ein kleines Lächeln auf seinem Gesicht. „Ich hatte ihr die Wahl gelassen, ob sie in einem der Häuser arbeiten möchte oder lieber an der Bar. Sie hat sich für Letzteres entschieden. Ich kümmere mich jetzt um den ganzen Behördenkram. Sie ist eine hübsche Frau und wird genügend Trinkgelder bekommen. Neben dem Gehalt, davon kann sie ihre Familie gut unterstützen."

Kate wollte etwas sagen, aber Bogdan winkte ab.

„Sag mal, wie macht sich eigentlich die kleine Maria bei euch?"

Kate durchschaute sein Ablenkungsmanöver, akzeptierte es aber. „Sie ist eine echte Bereicherung für unser Team und während meiner Abwesenheit hat sie besonders Chris toll unterstützt. Ich bin froh, dass wir sie haben."

In diesem Moment klopfte es und ein Mann in mittleren Jahren trat ein. „Bogdan, du wolltest mich sprechen?"

Dieser nickte und deutete auf Kate. „Falk, das ist

Frau Schulz von Schulz Security und eine sehr gute Freundin von mir. Sie würde dir nur kurz ein paar Fragen stellen wollen."

Während Kate ihm die Hand gab, deutete Bogdan nach draußen. „Lasst euch Zeit, ich habe zu tun." Damit schloss er die Tür hinter sich und sie waren allein.

„Herr Grämlich, es geht um einen alten Fall. Sagt ihnen der Name Maja Frenzel irgendetwas?"

Kate beobachtete genau seine Reaktion, aber Falk Grämlich schien wirklich lange angestrengt nachzudenken. „Ja, irgendwas war da, aber helfen sie mir bitte."

„Sie waren damals noch bei der Polizei, zusammen mit ihrem Kollegen, Obermeister Karl-Heinz Fischer."

Jetzt blitzte etwas in Falk Grämlichs Augen auf. „Das junge Mädel damals. Ja, ich erinnere mich." Er senkte etwas den Kopf, aber hob ihn dann und sah Kate direkt an „Kalle war der Meinung, sie habe die Jungs angemacht, dann kam es zum Geschlechtsverkehr und anschließend habe sie sie ans Messer liefern wollen. Er hat keine Anzeige aufgenommen."

Kate erwiderte seinen Blick. „Und sie? Was haben sie gedacht?"

Er seufzte leise auf. „Ich dachte, das Mädchen sagt die Wahrheit, so durch den Wind wie sie war. Aber was sollte ich machen? Ich war der Frischling, Kalle sagte wo`s langgeht. Ich habe wenigstens dafür gesorgt, dass sie sicher nach Hause kam. Ich hatte gehofft, sie erzählt zu Hause jemand davon und die gehen dann mit ihr ins Krankenhaus. Dann wäre die Sache ins Rollen gekommen."

Kate musterte ihn eine Weile. Dann nickte sie. Sie kannte sich gut genug in Hierarchien aus, um zu wissen, dass ein Berufsanfänger in solchen Momenten besser klein beigab, um nicht sein Fortkommen zu gefährden. Es gab nur wenige, die wirklich aufbegehrten und nicht wenige scheiterten kläglich. Sie spürte, dass Falk Grämlich erleichtert war, als er ihr Verständnis spürte.

„Ist das auch der Grund, warum sie bei der Polizei ausgeschieden sind?", fragte sie und er zuckte die Schultern. „Nicht allein, aber ja. Wissen sie, Frau Schulz, das war eine verrückte Zeit, damals um die Wende herum. Keine wusste so richtig, wie und wo es langgeht und solche Männer wie Kalle, die schon in der DDR bei der Polizei waren, fühlten sich oft diskriminiert und nicht gewürdigt. Sie wussten oft nicht, ob die Entscheidungen, die sie trafen und immer gesetzeskonform waren, jetzt noch galten. Ich denke, viele hatten schon innerlich gekündigt, hielten aber in ihrem Job aus, weil sie eine Chance auf Verbeamtung und damit einigermaßen materieller Sicherheit sahen."

Er wischte mit der Hand durch die Luft. „Ich will Kalles Verhalten nicht entschuldigen, aber so dachten damals viele. Mich hat es dazu gebracht, alles hinzuwerfen. Ich habe mich eine Weile im Ausland aufgehalten und jetzt, hier bei Bogdan, macht es mir wirklich Spaß."

Kate erhob sich. „Danke, Herr Grämlich. Ich hoffe, ich habe sie mit meinen Fragen nicht allzu sehr genervt?"

Er winkte ab. „Nein, obwohl ich das ja fast alles schon mal dieser jungen Frau erzählt habe."

Kate starrte ihn an. „Welche junge Frau?", fragte sie alarmiert.

„Na diese Studentin, warten sie. Sabrina Konrad, ja, so hieß sie. Sie schreibt ihre Masterarbeit über…"

„Das Alltagsleben in der DDR, ich weiß", unterbrach Kate ihn, aber er sah sie erstaunt an. „Nein. Mir hat sie gesagt, ihre Masterarbeit beschäftigt sich mit dem Thema Umgang mit sexuell motivierten Straftaten in der Wendezeit. Sie kannte sich da auch richtig gut aus und sie hatte Details zu dieser Sache mit Maja Frenzel." Kate hatte sich wieder gesetzt und hing jetzt geradezu an Grämlichs Lippen. „Können sie mir die Frau beschreiben?"

Er nickte. Natürlich, immerhin war das als Security-mitarbeiter sein Job. „Mitte bis Ende zwanzig, würde ich sagen, schlank, ungefähr ihre Größe. Brünetter Bob, eine Brille, schwarzes Gestell, sehr modisch. Sonst war sie eher sportlich gekleidet. Gutes Deutsch, ohne erkennbaren Akzent."

„Danke", sagte Kate und reichte ihm die Hand.

„Wer ist sie?", fragte Mike und sah auf Mariannes Tafel. Dort waren neben den Bildern von Carlo Weber, Sebastian Fischbach und Kevin Basler auch das Bild von Maja Frenzel angepinnt.

„Wir könnten diesen Ex-Polizist bitten, uns bei einem Fahndungsbild zu helfen", warf Frieder Lein ein.

„Vergessen sie es", ertönte eine Stimme von der Tür und Staatsanwalt Doktor Gebhardt trat ein.

„Beim jetzigen Stand der Ermittlungen gehen wir keinesfalls mit einem Bild in die Öffentlichkeit. Stellen sie sich vor, die Frau ist wirklich eine unbeteiligte Studentin."

Marianne Jäger zog die Stirn kraus. „Mit einer falschen Identität?"

Gebhardt winkte ab und nahm Platz. „Vielleicht hat sich dieser Ex-Polizist beim Namen verhört?"

„Und Frau Basler auch?", wandte Mike ein.

Schwungvoll erhob sich der Staatsanwalt wieder und stellte sich vor die Schautafel. Dann tippte er mit dem Finger gegen das Bild von Basler.

„Ist es nun ein Unfall gewesen oder nicht?", fragte er mit einem Blick auf Mike.

Dieser nickte. „Der Leiter der Spurensicherung hat sich die Unfallprotokolle noch einmal genau angesehen. Ihm ist nichts Außergewöhnliches aufgefallen. Den Leichnam hätten wir allerdings nicht mehr exhumieren können, er wurde eingeäschert."

Gebhardt trommelte noch immer mit den Fingern gegen die Wand. „Warum diese Mitteilungen, Nemesis?"

Diesmal war es Kate, die bisher still auf ihrem Stuhl gesessen hatte, da sie wusste, dass der Staatsanwalt ihre Anwesenheit nicht immer schätzte.

„Einmal war es der Hinweis an die Betroffenen, dass es um Rache geht, und die wussten in diesem Moment auch mit Sicherheit, Rache wofür. Aber es war wohl auch Teil eines Ablenkungsmanövers. Das Smartphone gab den Hinweis auf eine Nachricht. Also zogen sie es aus der Tasche, lasen die Nachricht und sahen in diesem Moment den Angriff nicht kommen."

Gebhardt nickte langsam.

„Die Tatorte liegen nahe beieinander, und zwar dort, wo damals die Vergewaltigung von Maja Frenzel stattfand", ergänzte Kate noch. Sie wechselte einen kurzen Blick mit Mike und fokussierte dann den Staatsanwalt. „Was machten beide Männer um diese Uhrzeiten an diesen Orten? Abgelegen, kaum beleuchtet?"

Gebhardt sah sie jetzt intensiv an. „Ein Geschäft?", sagte er, um dann zu ergänzen: „Ein illegales Geschäft?"

Kate wog langsam den Kopf hin und her, als denke sie über diese Theorie nach. Mike musste sich ein Lächeln verkneifen, als er Kates Bemühungen registrierte, dem Staatsanwalt nicht direkt ins Gesicht zu sagen, das diese Idee in ihren Augen ausgemachter Blödsinn war.

„Eine Frau? Eine sehr attraktive Frau?", warf sie jetzt in den Raum.

Gebhardt musterte sie, noch nicht so recht überzeugt von dieser Idee. Jetzt schien auch Kates Geduldsfaden langsam zu reißen.

„Herrgott, Herr Staatsanwalt. Irgendeine Frau hat die beiden Männer scharf gemacht und sie dann geschickt genau dort hingelockt, wo sie sie hinhaben wollte und sie sind mitgegangen, in der Hoffnung auf schnellen Sex. Sie haben in ihr keine Gefahr gesehen."

Gebhardt starrte Kate an, während Marianne Mike einen vielsagenden Blick zuwarf. Dann räusperte sich der Staatsanwalt. „Nun ja, Frau Schulz, damit könnten sie recht haben", ergänzte er zögernd. Schließlich sah er zu Mike. „Sie haben also noch keine konkrete Spur?"

Mike schüttelte den Kopf. „Nein und dieser pensionierte Obermeister Karl-Heinz Fischer ist, laut seiner Tochter, auf einer Nordmeerkreuzfahrt und legt erst nächste Woche in Hamburg wieder an."

Aus dem Augenwinkel sah er, wie Kate den Kopf hob und wie ein Terrier, der Witterung aufgenommen hatte, in seine Richtung schaute. Er schüttelte diskret den Kopf und sie verstand.

Inzwischen ging der Staatsanwalt wieder in Richtung Ausgang. „Ich glaube kaum, dass er irgendetwas zur Klärung der Situation beitragen kann."

Er blieb stehen und sah noch einmal kurz auf die Tafel. „Vielleicht wollte auch jemand den Mord an Weber einfach mit einer zweiten Tat vertuschen und kannte diese Geschichte von damals. Er hat sie als

150

Aufhänger genommen und diese ominöse Studentin ist eine Komplizin, die eine falsche Spur gelegt hat, indem sie die Männer in die Falle lockte."

Sichtlich zufrieden mit seiner Theorie klopfte er mit den Fingerspitzen auf das Bild von Carlo Weber. „Drehen sie seine Firma von rechts auf links. So ein Bauunternehmer hat immer Dreck am Stecken. Holen sie sich die Leute von der Abteilung Wirtschaftskriminalität und auch Hauptkommissar Keilwert."

Mike zog die Stirn in Falten. „Das wird einigen Herrschaften im Stadtrat mit Sicherheit nicht gefallen", gab er zu bedenken, aber Gebhardt richtete sich zu seiner ganzen Größe auf. „Das, mit Verlaub, ist mir schnurzegal, Herr Hauptkommissar. Von mir bekommen sie grünes Licht."

Damit war er zur Tür hinaus. „Was war denn das eben?", fragte Marianne, nachdem sich die Tür schwungvoll geschlossen hatte.

Mike lächelte. „Da ist wohl jemand unserem Staatsanwalt politisch ziemlich auf die Füße getreten."

Marianne sah ihn nachdenklich an. „Oder er hat irgendeinen Tipp bekommen."

Kapitel 12

Der ICE nach Hamburg war in der Ersten Klasse um diese Uhrzeit nur spärlich besetzt.

„Danke das du mich begleitest", sagte Kate.

Ihr Mitarbeiter, Matthew „Matt" Fisher lächelte sie an, während er in ein Sandwich biss, dass sie soeben beim Zugpersonal geordert hatten.

„Einmal gemeinsam mit der Chefin zu arbeiten, das hat schon was", sagte er und Kate lehnte sich entspannt zurück.

Bei dem, was sie vorhatten, war der Ex-Marine der beste Mitstreiter, den sie sich vorstellen konnte.

Karl-Heinz Fischer, der Ex- Obermeister der Plauener Polizei, würde morgen früh in Hamburg von Bord seines Kreuzfahrtschiffes gehen und sich im Radisson Blu Hotel Hamburg Dammtor für drei Nächte einmieten, bevor er wieder nach Hause fuhr.

Mike hatte Kate gesagt, dass Staatsanwalt Doktor Gebhardt überhaupt nichts von ihrer Idee hielt, Fischer zu überwachen, in der Hoffnung, der Täter oder, was wahrscheinlicher war, die Täterin, würde wieder zuschlagen. Er hatte sich absolut auf die Firma von Weber eingeschossen und interessanterweise war man hier auch einigen Sachen auf die Spur gekommen, die stark nach Geldwäsche aussahen.

Marianne Jäger hatte bereits vermutet, dass Gebhardt einen Tipp bekommen hatte und sie daraufhin ermitteln ließ, ohne ihnen reinen Wein einzuschenken.

Aber sei es wie es sei, Mike konnte nicht

eigenmächtig Ermittlungen in Hamburg aufnehmen, ohne die dortigen Kollegen zu verständigen.

Also hatte Kate selbst die Initiative ergriffen, eine Tatsache, die Mike zwar nicht gefiel, aber immerhin beruhigte, da er Matt an ihrer Seite wusste.

Gleich, nachdem sie und Matt im Hotel angekommen waren, hatte Kate ein Gespräch mit dem Manager, das überraschenderweise insofern positiv ausfiel, als dass dieser ihr seine Unterstützung zusagte, immer unter dem Aspekt, dass keine anderen Gäste in irgendeiner Weise gestört würden.

Sie und Matt hatten darauf je ein Einzelzimmer in der fünften Etage bezogen, auf der auch das Zimmer von Karl-Heinz Fischer liegen würde.

Und nun hieß es warten.

Karl-Heinz Fischer ging im Schlenderschritt von seinem Hotel in Richtung S-Bahn. Es wurde bereits dunkel und die Hamburger Nachtschwärmer waren unterwegs, sodass es in der S-Bahn ziemlich voll wurde, was ihn aber nicht weiter störte.

Er beobachtete eine Truppe junger Männer, die schon einen ziemlichen Alkoholpegel zu haben schienen und einige Ballermannlieder grölten.

„Hey, Kumpel, guck doch nicht so beträppelt", sagte einer zu einem großen, breitschultrigen Mann in Jeans und schwarzem Hoodie mit militärisch kurzem Haarschnitt. Als dieser nicht reagierte, legte der schlaksige, blonde Mann ihm die Hand auf die Schulter.

„Bist du taub?", stammelte er mit schwerer Zunge, was seine Begleiter scheinbar so lustig fanden, dass sie zu singen aufhörten und schallend lachten.

Langsam wandte sich der Angesprochene der Gruppe zu und wischte mit einer Bewegung die Hand des Blonden von seiner Schulter. Ohne ein Wort zu sagen, maß er jeden Einzelnen mit einem Blick, der alles zu sagen schien.

Unwillkürlich wichen einige der Gruppe zurück, um prompt jemand auf die Zehen zu treten, der losschimpfte. Der Blonde schien sogar etwas nüchterner zu werden. „Sorry", murmelte er. „War nicht so gemeint."

Der Mann nickte nur als Zeichen, dass er die Entschuldigung akzeptierte.

Karl-Heinz Fischer hatte die Begebenheit beobachtet

und lächelte in sich hinein. „Richtig so", dachte er.
Dann hielt die S-Bahn direkt an der großen Freiheit
und viele, auch besagte Gruppe, strömten heraus.
Fischer hatte den großen Mann aus den Augen verloren.

Er streifte durch die Straßen und sah sich um.
Hier war er einmal direkt nach der Wende gewesen,
mit einer Reisegruppe. Die Augen hatten sie sich aus
dem Kopf gestaunt damals. Inzwischen war er genug
auf der Welt herumgekommen, als das ihn das noch
so sehr beeindrucken konnte wie beim ersten Mal.
Aber die Reeperbahn hatte schon ihren ganz eigenen
Reiz.

Er ging an der Davidwache vorbei und schaute etwas
sehnsüchtig auf den roten Backsteinbau. Da hätte er
in seiner aktiven Zeit wirklich zu gern einmal gearbeitet.

Als er zum Spielbudenplatz abbog, sprang plötzlich
eine dunkel gekleidete Gestalt so schnell auf ihn zu,
dass er zurückwich, ins Stolpern kam und hart auf
dem Rücken aufkam.

Stöhnend wollte er sich erheben, als sich die Gestalt
über ihn beugte. Fischer erstarrte. In diesem Moment
war es die Gestalt, die ihrerseits von den Füßen gerissen wurde. Sie prallte zurück, stolperte, fing sich aber
geschickt ab und rannte in die Dunkelheit.

„Hilfe", schrie Fischer. „Hilfe, Überfall."

In dem Mann, der sich über ihn beugte und die Hand
nach ihm ausstreckte, erkannte er den Hünen aus der
S-Bahn.

„Ich helfe ihnen", sagte dieser mit erkennbarem Akzent, als plötzlich ein heller Strahl auf sie gerichtet wurde.

„Polizei. Zeigen sie uns ihre Hände."

Seufzend kam der breitschultrige Mann der Aufforderung nach.

„Sie hätten mir sagen müssen, was sie vorhaben",
sagte Staatsanwältin Doktor Specht zu Kate und sah
sie vorwurfsvoll an.

Diese nickte resigniert. „Ja, das war ein Fehler", gab
sie zu und nippte von dem Kaffee, welchen ihr der
Polizist schweigend auf der Davidwache hingestellt
hatte. Schaudernd stellte sie die Tasse ab.

Mein Gott, warum musste überall auf der Welt in je-
dem Polizeirevier der Kaffee nur so scheußlich
schmecken, dachte sie und musste unwillkürlich lächeln. Nein, bei Mike nicht, aber der war auch ein
Kaffeegourmet.

Verwirrt sah Nelly Specht sie an.

Kate winkte ab. „Schon in Ordnung, ich war in Gedanken."

Die Staatsanwältin klopfte mit den Fingern auf den
Tisch. „Also, ihr Mitarbeiter wird natürlich umgehend auf freien Fuß gesetzt, es ist ja jetzt bewiesen,
dass er nichts mit dem Überfall zu tun hatte. Aber
dieser Ex-Polizist ist so etwas von sauer, weil es sich
jetzt herausgestellt hat, dass ihr ihn überwacht habt."
Kate lehnte sich auf dem unbequemen Stuhl nach
vorn.

„Nelly, wir haben ihn nicht überwacht, sondern ge-
schützt. Seine Tochter hat uns damit beauftragt, weil
nach den Morden an Carlo Weber und Sebastian
Fischbach in Plauen auch ein Risiko für ihn bestand.
Immerhin hat er damals verhindert, dass Maja Frenzel eine Anzeige stellen konnte und ihre Vergewaltiger ungeschoren davonkamen."

Doktor Specht sah sie sinnend an.

„Und Staatsanwalt Doktor Gebhardt teilt diese Meinung?", fragte sie und Kate schüttelte den Kopf.

„Nein, leider nicht", gab sie zerknirscht zu. „Er denkt, dass das eigentliche Ziel Weber war, da er und seine Firma in unlautere Geschäfte verwickelt sind und der Mord an Fischbach nur ein Ablenkungsmanöver war."

Kate warf beide Arme in die Luft. „Aber was, wenn der oder die Täter auch Fischer als Ablenkungsmanöver ausschalten wollen?"

Die Staatsanwältin schüttelte lächelnd den Kopf.

„Also wirklich, Kate, da geht jetzt aber ihre Fantasie mit ihnen durch."

Dann wurde sie ernst. „Aber selbst wenn, ihr habt kein Recht, Fischer gegen seinen Willen zu schützen."

Kate schob die noch volle Kaffeetasse von sich und sah, dass auch die Staatsanwältin nicht getrunken hatte.

„Ja, das habe ich jetzt verstanden. Matt und ich werden noch heute abreisen. Ich kann es jetzt auch nicht ändern. Vielleicht ist Fischer wirklich so vernünftig und hört auf uns und bleibt im Hotel."

Dann grinste sie. „Matt hat ihm eine Telefonnummer von einem Callgirlservice zugesteckt. Er sollte das nutzen und nicht auf der Reeperbahn umherstrolchen."

Jetzt musste auch die Staatsanwältin lachen. „Und ihr Mitarbeiter hat so etwas immer in der Tasche?"

Kate schüttelte den Kopf. „Nein, aber er hat die

Adresse aus dem Hotel, diskret selbstverständlich."

Die Staatsanwältin sah auf, als einer der Beamten Matthew „Matt" Fisher hereinführte.

Dieser warf Kate einen erleichterten Blick zu.

„Danke", sagte er und holte tief Luft.

Kate deutete auf die Staatsanwältin.

„Danke ihr", sagte sie und klopfte Matt auf den Rücken.

Die Staatsanwältin winkte ab. „Es war richtig, das Kate mich gleich kontaktiert hat. Das hat eine Menge Ärger erspart. Aber es kann sein, dass Herr Fischer sie trotzdem noch belangt, sie haben ihn, ohne seine Einwilligung, beschattet."

Matt blies die Wangen auf. „Beschattet? Beschützt ist das richtige Wort. Was, wenn der Kerl Erfolg gehabt hätte? Er wäre jetzt vielleicht tot."

Die Staatsanwältin rollte die Augen etwas nach oben. „Ja, vielleicht. Aber es ist durchaus anzunehmen, dass das ein einfacher, versuchter Überfall war. was denken sie, wie viel wir hier Überfälle haben? Es geht zu 90% um Beschaffungskriminalität. Meistens sind es Touristen, die sorglos mit ihren Wertsachen umgehen."

Kate berührte Matt am Arm. „Komm, wir müssen noch packen."

Dieser starrte sie verblüfft an. „Was?", fragte er, als habe er das eben gesagte nicht verstanden.

„Wir reisen ab, Einsatz beendet. Unser Zug fährt in drei Stunden."

Sie reichte Nelly Specht die Hand. „Danke nochmal."

159

Diese ergriff sie „Gern. Und überlegen sie sich mein Angebot, es steht noch."

Kate nickte. „Das tue ich", sagte sie und schob den immer noch verblüfft schauenden Ex-Marine in Richtung Ausgang.

Es war kurz nach 22.00 Uhr, als es leise an der Hotel-zimmertür von Karl-Heinz Fischer klopfte.

„Ja?", ertönte die Frage von innen.

„Hier ist Annabel", sagte eine Stimme mit wohltö-nendem Timbre.

Ein heiseres Lachen war zu hören. „Ah ja. Die Tür ist offen, komm rein."

Die attraktive Brünette trat in das geräumige Hotel-zimmer und ließ ihren Blick schweifen. Es war leer, aber im Bad rauschte Wasser. Neben dem aufgedeck-ten Bett stand ein Sektkühler mit einer ungeöffneten Flasche Champagner und die Frau trat näher. Sie musterte die Flasche und zog die Nase kraus. Nicht ihre Preisklasse.

„Mach es dir schon bequem", rief eine Männer-stimme aus dem Bad. „Ich mache mich nur noch et-was frisch." Im Nebenraum rauschte jetzt die Regen-dusche.

Die Frau zögerte eine Weile, dann legte sie ihre Ta-sche ab und stieg aus den High Heels. „Was hälst du davon, wenn ich zu dir unter die Dusche komme?", flötete sie durch die angelehnte Badtür.

„Tolle Idee", schallte es von innen.

Sie zog sich aus und stieß die Badtür voll auf.

Ihr Kunde schien eine heiße Dusche zu favorisieren, die Spiegel wie auch die Duschwände waren so be-schlagen, dass sie nichts sah.

„Komm rein", rief die Stimme aus der Dusche und fast blind von den Nebelschwaden öffnete die Frau die Duschkabine.

161

Dabei ließ sie ihre Hand, die ein Skalpell fest umschlossen hielt, nach vorn sausen, in die Richtung, wo sie im Umriss eines Menschen den Unterlaib vermutete. Ein heftiger Schmerz durchzuckte ihren Arm, mit einem Aufschrei ließ sie das Skalpell fallen und versuchte es, auf dem Boden der Duschkabine wiederzufinden, als sich ein Fuß auf ihre Hand senkte. Ein zweites Mal schrie sie auf.

„Zugriff", rief eine Stimme und die Frau wurde unsanft aus der Dusche in Richtung Hotelzimmer gezerrt. Dort stand Kate Schulz neben einigen Männern, von denen einer Karl-Heinz Fischer war und sah sie an.

Inzwischen kam Matthew „Matt" Fisher, klitschnass, aber mit einem Spezialschutz, der vom Kinn bis zu den Oberschenkeln reichte, aus der Dusche.

Kate ging zum Bett, nahm die dort ausgebreitete Unterwäsche und hielt sie der Frau hin.

„Sie sollten sich etwas anziehen, Frau Doktor Specht", sagte sie und nickte den Polizeibeamten zu. Einer der Männer in Zivil legte ihr die Hand auf den Arm. „Es war schön, mal wieder mit dir zusammenzuarbeiten, Kate", sagte er und deutete seinen Männern, der Staatsanwältin beim Bekleiden behilflich zu sein, sodass sie abgeführt werden konnte.

Kapitel 13

Staatsanwalt Gebhardt sah Kate eine Weile schweigend an. Sie erwiderte seinen Blick ungerührt und Mike kam sich wie in einem Western vor, wo die beiden Kontrahenten fast gleichzeitig den Revolver ziehen würden. Nur hier ging es weniger um Blei als um Argumente. Zu seinem Erstaunen senkte Gebhardt den Blick und ließ ihn dann in seine Richtung schwenken.

„Auch wenn ich es nicht gern sage, Herr Hauptkommissar, aber ihre Frau hatte wieder einmal den besseren Riecher." Dabei trat ein Funkeln in seine Augen, das Kate etwas lächeln ließ. Sieh her, der Staatsanwalt hatte zum einen Humor und zum anderen die Größe, eine Niederlage einzugestehen.

Er wandte sich ihr wieder zu. „Sagen sie uns bitte, wie in alles auf der Welt sind sie auf Frau Doktor Specht gekommen? Mich hat die Nachricht ihrer Verhaftung komplett sprachlos gemacht."

Kate zuckte leicht die Schultern. „Das, Herr Staatsanwalt, kam einfach von der Erfahrung aus meiner Zeit beim FBI. Auch ich habe verdeckt ermittelt, wenn auch in deutlich kleinerem Rahmen. Ich kannte auch Kollegen, die in richtigen Gangs ermittelt haben. Das ist hart, verdammt hart. Man braucht dafür eine hohe psychische Stabilität. Frau Doktor Specht wollte uns hier weismachen, dass Maja Frenzel, jemand, mit einer diagnostizierten schweren Borderline-Störung und daraus resultierenden mangelnden Impulskontrolle, undercover in einem Drogenring ermittelte?

Niemals. Ich habe dahingehend auch noch einmal Doktor Feigler konsultiert und er bestätigte es mir. Warum also kam Frau Doktor Specht extra aus Hamburg, um uns allen das weismachen zu wollen?

Auch wenn ihre Frage rein rhetorisch gemeint war, schoss der Staatsanwalt in seinem Stuhl nach vorn.

„Weil sie unseren Ermittlungsstand beleuchten wollte", antwortete er und griff sich dann an die Stirn. „Und ich Idiot…"

„Nein", unterbrach Kate ihn. „Sie hatten den Verdacht, dass irgendeine Schweinerei von Weber zu dessen Tod geführt hat und Fischbachs Tod nur ein Ablenkungsmanöver war. Und in einem Teil hatten sie ja recht. Weber hatte Dreck am Stecken und ohne diesen Verdacht von ihnen wäre die ganze Sache nie herausgekommen und Florian Gayer würde ohne Weber weitermachen."

Gebhardt nickte ihr zu, dankbar, dass sie ihm half, wenigstens einigermaßen das Gesicht zu wahren.

„Mir kam gleich suspekt vor, dass Frau Specht mich und auch Mike abwerben wollte nach Hamburg", fuhr Kate fort.

Erstaunt sah Gebhardt seinen Hauptkommissar an. „Aber davon weiß ich doch gar nichts."

Dieser winkte ab. „Das war ja auch nie spruchreif."

„Jedenfalls", sagte Kate einen Ton lauter. „Ihre Beharrlichkeit, mich auch privat näher kennenzulernen, hat sofort meine Alarmglocken klingeln lassen. Sie wusste von meiner Vergangenheit beim FBI und war entsprechend vorsichtig."

„Aber warum hat sie dann versucht, auch Fischer zu töten? Sie muss doch gemerkt haben, wie dicht sie ihr auf den Fersen waren. Und überhaupt, warum hat sie denn nun Fischbach und Weber getötet? Sie ist doch viel zu jung, um an der Sache von damals irgendwie beteiligt gewesen zu sein.", warf Gebhardt hier ein, nicht fähig, sich weiter zu zügeln.

Kate nickte. „Ja, so sollte man denken. Aber sie hatte leider die Anlage zu einer psychischen Störung von ihrer Mutter geerbt. Nelly Specht ist in jener Nacht gezeugt worden, als Weber und Fischbach Maja Frenzel vergewaltigten."

Eine Weile war es so still im Beratungsraum, dass man die berühmte Stecknadel fallen hören konnte.

„Na, das ist ja…", murmelte Karsten Windisch und brach dann ab. Dann griff er sich an den Kopf.

„Die Fasern…", sagte er und Kate nickte.

„Die Fasern stammten mit Sicherheit von einem Kleidungsstück ihrer Mutter. Ob sie dabei gezielte Spuren setzen wollte oder es eine Art Ritual war, ich weiß es nicht. Jedenfalls hat Nelly Specht eine schwere Persönlichkeitsstörung, in welchem Ausmaß sich das eventuell strafmindernd auswirken wird, das müssen die Gutachter entscheiden. Obwohl sie nur ihre ersten Lebensjahre bei ihrer Mutter verbrachte und dann in eine Pflegefamilie kam, hielt sie scheinbar, zumindest im frühen Erwachsenenalter, einen festen Kontakt zu ihrer Mutter", fuhr Kate fort.

„Ihre Pflegeeltern, die sie später adoptierten, förderten sie und schickten sie auch auf eine gute Schule,

sie erkannten sehr früh ihre Intelligenz. Ihr Karriere-
erfolg zeigt das ja deutlich. Aber was sie nicht erkannten oder vielleicht auch erkennen wollten, war
ihre schwere psychische Störung. Das war auch der
Grund, warum sie auf der einen Seite sehr vorsichtig
agierte und dann wieder völlig zwanghaft. Sie
musste Fischer töten, und zwar noch ehe er nach
Plauen zurückkehrte. Nur so konnte sie ihr Vorhaben, ihre Mutter zu rächen, abschließen."
Gebhardt schüttelte den Kopf. „Das war ziemlich ris-
kant, Frau Schulz. Fischer hätte bei diesem Überfall
auf der Reeperbahn schon zu Tode kommen können,
denn…" Er brach ab, als er Kates Lächeln sah.
Verwirrt sah er von ihr zu Mike. „Was?", fragte er
nach.
„Dieser Überfall auf der Reeperbahn. Fischer war natürlich von Anfang an involviert. Es bestand zu keiner Zeit Gefahr für ihn."
Der Staatsanwalt ließ sich in seinem Stuhl zurückfal-
len. „Jetzt verstehe ich gar nichts mehr", sagte er mit
ärgerlichem Tonfall.
Kate holte tief Luft. „Ich hatte mit Fischers Tochter
gesprochen. Sie war mir eine große Hilfe, denn sie
war entsetzt über das Schicksal von Maja Frenzel und
die Rolle, die ihr Vater dabei gespielt hat. Sie rief ihn
über Skype auf dem Schiff an und muss ihm wohl
ziemlichen Druck gemacht haben. Jedenfalls, beim
nächsten Gespräch war ich mit dabei und er erklärte
sich zähneknirschend bereit, mitzumachen. Matt hat
ihn seit Verlassen des Schiffes bewacht, die Specht

166

wäre gar nicht an ihn herangekommen. Aber sie musste mitbekommen, dass wir Fischer bewachen und schließlich, so sollte sie glauben, auf seine Weisung hin den Schutz beenden und wieder nach Hause fahren. Also habe ich Fischer auf der Reeperbahn überfallen und Matt hat Fischer verteidigt."

Kate malte mit den Fingern Anführungsstriche in die Luft. „Der schrie um Hilfe und beschuldigte Matt und der wurde, wie wir es geplant hatten, verhaftet und ich konnte Nelly Specht um Hilfe bitten."

Gebhardt kratzte sich am Kinn. „Geplant verhaftet?", fragte er nach.

Kate lächelte. „Ich kenne den Hauptkommissar der Abteilung Internetkriminalität. Er war eine Weile bei uns in den Staaten. Wir hatten einige Einsätze zusammen und ich mochte seine lockere, unkonventionelle Art. Ich hatte ihn schon vor unserer Abreise nach Hamburg um Hilfe gebeten und er hat dafür gesorgt, dass alles so ablief, wie wir es geplant hatten."

Der Staatsanwalt ließ wieder seinen Blick zu Mike schweifen. „Sie wussten davon?", fragte er und dieser nickte. „Ich hatte mich mit Hauptkommissar Petersen in Verbindung gesetzt. Er war sehr kooperativ." Dabei öffnete er seine Hände in Richtung des Staatsanwaltes. „Ich weiß, damit habe ich meine Kompetenzen überschritten, ich…"

Gebhardt winkte ab. „Ich pfeif` auf die Kompetenzen. Wir haben die Täterin gefasst, das ist die Hauptsache."

Eine fast unnatürliche Ruhe war in dem Beratungsraum und alle starrten den Staatsanwalt an, der schließlich seinen Blick über die Anwesenden gleiten ließ. „Na schauen sie nicht so. Natürlich kann hier nicht Sodom und Gomorrha herrschen, aber ungewöhnliche Situationen erfordern ungewöhnliche Mittel. Daher haben sie absolut richtig gehandelt."

Dann wandte er sich an Kate. „Und nun sagen sie mir bitte noch, wie sie Frau Specht in die Falle gelockt haben."

Seine Augen glänzten dabei wie ein Kind, das das erste Mal den Weihnachtsbaum erblickt und Kate hatte Mühe, ein Lächeln zu unterdrücken.

„Nachdem wir aus der Davidwache per Taxi ins Hotel gefahren waren, checkten wir aus, gingen zum Bahnhof und stiegen in den ICE nach Berlin. Am Hauptbahnhof verließen wir den Zug und Rainer Petersen erwartete uns und fuhr uns zurück ins Hotel. Der Manager war eingeweiht und wir gingen zu Fischer ins Zimmer. Das Nebenzimmer wurde von der Polizei besetzt und Fischers Zimmer, mit dessen Einverständnis, abgehört. Dann rief er bei jener Callgirlagentur an, deren Nummer er vermeintlich von Matt und dieser wiederum vom Hotelmanagement hatte. Er bestellte sich eine Dame. Wir waren uns sicher, dass Frau Specht Fischers Handy abhörte. So war es auch, Rainer hat das ziemlich schnell herausgefunden. Damit wussten wir, dass sie kommen würde. Es war ihre letzte Chance Fischer zu töten. Also haben wir Matt entsprechend ausgestattet. Der arme Kerl musste in ziemlich heißem Wasser und das mit

Bodyschutz aushalten. Aber wir brauchten den Nebel, sonst hätte sie sofort den Tausch bemerkt. Es war auch Karl-Heinz Fischer, der immer geantwortet hat. Er war sehr kooperativ."

Gebhardt nickte anerkennend, dann erhob er sich.

„Gut, ich werde in der Pressekonferenz…" Er brach ab, als Kate sich räusperte. „Herr Doktor Gebhardt, dürfte ich sie vielleicht ganz kurz unter vier Augen sprechen?"

Sie sah aus dem Augenwinkel, wie Mike tief Luft holte, ließ sich aber nicht beirren.

Der Staatsanwalt sah sie erstaunt an, nickte aber und deutete nach draußen. Dann verabschiedete er sich kurz, ließ Kate den Vortritt und schloss hinter ihnen die Tür.

„Nun, Frau Schulz, was kann ich für sie tun?"

Kate hatte sich etwas an die Wand im Flur gelehnt und räusperte sich.

„Den wirklich entscheidenden Tipp, den Zusammenhang zwischen Carlo Weber und Sebastian Fischbach gab ein junger Mann. Er hat herausgefunden, woher sich die beiden Männer kannten. Diese Information, die ich von ihm bekommen habe und natürlich sofort an die Polizei weitergab, war mit einer, nun, lassen sie es mich so sagen, Bedingung verbunden."

Der Staatsanwalt grüßte gerade einen vorbeieilenden Polizist zurück und sah schließlich Kate an.

„Was wollen sie konkret von mir, Frau Schulz?", fragte er, zweifelsohne, um dieses Gespräch abzukürzen, was Kate nur recht war.

169

„Der junge Mann ist Maximilian Krause, Journalist bei der Freien Plauener Stimme. Er hat mir die Information nur gegeben unter der Voraussetzung exklusiv berichten zu dürfen, wenn der Fall abgeschlossen ist."

Der Staatsanwalt hob beide Hände. „Frau Schulz, das hätten sie ihm nie zusagen dürfen. Es gibt eine Pressestelle und…"

„Und damit riskieren, nichts zu erfahren? Herr Doktor Gebhardt, ohne diese Information würde die Polizei vielleicht jetzt noch im Dunkeln tappen oder noch schlimmer, Karl-Heinz Fischer wäre vielleicht tot", unterbrach Kate ihn ungewöhnlich heftig.

Gebhardt holte tief Luft. „Was soll ich jetzt ihrer Meinung nach tun?"

Kate atmete tief ein. „Ich gebe ihm alle Infos, aber unter Berufung auf eine unbenannte Quelle?"

Sie sah, wie der Staatsanwalt mit sich rang, dann nickte er, hob aber gleichzeitig den Zeigefinger. „Nur dieses eine Mal, Frau Schulz. Ich muss sie bitten, sich an die Regeln zu halten, auch als externe Mitarbeiterin."

Ihr war die Erleichterung deutlich anzusehen.

„Natürlich und danke", sagte sie und legte die Hand auf die Türklinke, um in den Beratungsraum zurückzukehren. Sie hatte sie schon nach unten gedrückt und die Tür einen Spalt breit geöffnet, als der Staatsanwalt einen Schritt auf sie zutrat. „Frau Schulz?"

Sie sah zu ihm auf.

„Das war eine wirklich große Leistung. Schön, dass

sie wieder an Bord sind."

Damit drehte er sich um und ging den Flur hinunter.
Kate sah ihm nach, als Mikes Gesicht im Türspalt
auftauchte. Er sah von der Gestalt des Staatsanwaltes,
der gerade die hintere Treppe hinuntereilte zu Kate.
„Muss ich mir Sorgen machen?", fragte er und
drückte die Tür ganz auf.

Kate wandte sich ihm zu, legte ihren Arm um seinen
Hals und zog ihn zu sich herunter.

„Glaubst du das?", fragte sie und küsste ihn auf den
Mund, was ein verhaltenes Klatschen im Beratungsraum auslöste.

Nachwort:

Die von mir geschilderten Geschichten, Einrichtungen und Menschen sind fiktiv. Allerdings sind die Straßen und Plätze und viele der erwähnten Gebäude in meiner Heimatstadt Plauen real.

Real ist auch die Plauener Kaffeerösterei und ihr Besitzer Daniel, der so freundlich ist, mir zu gestatten, Teile meiner Geschichten in seinen Räumen anzusiedeln, das gleiche gilt für das Kaffeehaus Müller, indem Kate und Mike, gemeinsam mit Omar und Jasmin gerne brunchen gehen… Es ist mein persönliches Lieblingscafé und der Besitzer Rico Wagner hat kein Problem damit, dass es in seinem Kaffeehaus auch schon mal einen „Mord" gibt! 😊

Die „Freie Plauener Stimme" gibt es als Zeitung natürlich auch nicht, aber die Figur des jungen Journalisten Maximilian Krause wird in den kommenden Teilen wieder eine Rolle spielen. Und dann ist da noch das Privatleben von Bogdan Serwowitsch, dass einige meiner Leser und Leserinnen sehr am Herzen zu liegen scheint. Auch hier sage ich…man darf gespannt sein!

Zur Autorin:

Annette G. Krupka wurde in Plauen geboren.
Sie besuchte hier die Schule, lernte Krankenschwester, studierte später Pflegemanagement, erwarb einen Masterabschluss und ist als freiberufliche Unternehmensberaterin tätig.
Heute lebt sie in einer Thüringer Kleinstadt und hat ein Fachbuch zum Thema Pflege veröffentlicht.

„**Nemesis**" ist der fünfzehnte Teil um die ehemalige FBI-Agentin Kate Schulz.
Bisher erschienen sind:
Lebensborn
Golem
Entführt
Methusalem
Filmriss
Virus
Engelsflug
Würgemale
Verlassen
Culpa
Phobie
Stollentod
Klassentreffen
Game
Weitere Folgen sind geplant.

Liebe Leser, danke, dass Sie Kate Schulz bis zum Ende des fünfzehnten Falles gefolgt sind.

Sind Sie neugierig, wie es weiter geht mit Kate Schulz???
Bald ist es so weit:

Kate Schulz 16 – „Rauhnacht"

Jutta Günther, selbsternannte Plauener Hexe und Medium, warnt ihre Nachbarin, die junge Maxi Krüger, keinesfalls in den Rauhnächten, die Zeit zwischen den Jahren, weiße Wäsche draußen aufzuhängen.
Die Wilde Jagd würde kommen und Unheil über sie und ihre Familie bringen.
Die junge Mutter, alles andere als abergläubig, schlägt die Warnungen in den Wind und wird prompt, bedeckt mit weißer Wäsche, tot auf ihrem Wäscheplatz aufgefunden.
Hauptkommissar Mike Köhler und sein Team glauben nicht an die Wilde Jagd, sondern an eine klare Beziehungstat. Aber nirgends scheint es ein wirkliches Motiv für die Tat zu geben.
Inzwischen taucht Kate Schulz in eine mystische Welt der vogtländischen Bräuche und Sagen ein und findet eine verblüffende Spur.

Leseprobe- „Rauhnacht"

„Warum in Gottes Namen habe ich mir nur keinen Wäschetrockner zugelegt", stöhnte Maxi Krüger leise vor sich hin, während sie mit, trotz Handschuhen, steifgefrorenen Fingern den Schnee auf dem Wäscheplatz wegschob. Es erinnerte sie an das Märchen vom süßen Brei, irgendwie schien der Schnee immer mehr statt weniger zu werden, obwohl es endlich mit schneien aufgehört hatte und auch diesen und den kommenden Tag sonnig, aber kalt bleiben sollte. Wenigstens konnte sie die Masse an Wäsche aufhängen, die sich bei ihr angesammelt hatte.
Mit einem kleinen Kind ging das eben schnell und die zweijährige Nanni war ein ausgemachter Kleckerfritze.
Mit einem Seufzer stellte sie den Schneeschieber zur Seite und schüttelte die Wäscheleinen ab.
In diesem Moment öffnete sich die Tür im Nachbarhaus und Maxi stöhnte innerlich auf. Auf ein Gespräch mit Jutta Günther, ihre sehr mitteilsamen Nachbarin, hatte sie heute wirklich keine Lust, zumindest nicht in dieser Kälte. Dann sah sie eine dampfende Tasse in der Hand der älteren Frau.
„Maxi", rief diese und schwenkte leicht die Tasse.
„Du musst doch völlig verfroren sein, Kind. Komm."
Langsam schlenderte Maxi Krüger in Richtung des Zaunes und zog dabei die Handschuhe aus.
Ihr war wirklich erbärmlich kalt und sie ergriff die dampfende Tasse mit einem unvergleichlichen

175

Gefühl des Wohlbehagens.

„Meine eigene Mischung, mit Melisse und Ingwer. Da wird dir schnell warm."

Zögerlich nippte die junge Frau von den dampfenden Gebräu, was überraschend lecker war. Als sich ihre Miene aufhellte, nickte Jutta Günther zufrieden.

Dann deutete sie in Richtung Wäscheplatz.

„Warum hast du dich denn so geplagt, Kind? In zwei Tagen schneit es doch sowieso wieder."

Maxi drehte etwas die Augen nach oben. „Aber bis dahin kann ich zwei Maschinen Wäsche raushängen, die trocknet auch im Frost. Meine Bettwäsche…"

Sie stockte, als Jutta Günther sie erschrocken ansah.

„Du willst doch jetzt nicht im Ernst Bettwäsche und Bettlaken auf die Leine hängen?"

Verdattert sah Maxi sie an. „Jaaaa…" sagte sie zöger-lich. „Warum nicht?"

Die ältere Frau schlug die Hände zusammen. „Weil die Rauhnächte sind."

„Und was hat das mit meiner Bettwäsche zu tun?", fragte Maxi, langsam etwas genervt. Sie hatte in die-ser Kälte absolut keinen Draht für solche Ratespiel-chen.

Jutta Günther beugte sich über den Zaun und sah Maxi ernst an. „In diesen Nächten ist die Wilde Jagd unterwegs. Das bringt Unglück."

Maxi starrte sie an, dann begann sie schallend zu la-chen. Prompt verschluckte sie sich an dem Tee, japste und hustete, um schließlich die Tasse wieder über den Zaun zu reichen.

176

„Die Wilde Jagd? Das ist nicht dein Ernst, Jutta, oder?"

Als diese, ohne eine Miene zu verziehen, nickte, prustete Maxi wieder los. „Echt mal, Jutta, dass du solch einen Schwachsinn wirklich glaubst."

Kopfschüttelnd machte sie sich auf den Rückweg zum Haus.

„Maxi, bitte", rief Jutta Günther ihr nach, aber diese winkte nur ab. Anfangs war sie froh gewesen, Jutta Günther als Nachbarin zu haben. Die ältere Frau war so der Typ Alt-Achtundsechzigerin, was Maxi und auch ihrem damaligen Freund Lars, der Nannis Vater war, gut gefiel.

Jetzt lebte sie seit ein paar Wochen mit Lukas zusammen, obwohl sie nicht sicher war, dass das wirklich eine gute Entscheidung gewesen war. Naja, Lukas fand Jutta nervig, aber das behauptete er von fast allen Leuten in seiner Umgebung.

Jedenfalls war Jutta in ihren Augen immer locker drauf, wenn man mal von den teils skurrilen Gestalten absah, die bei ihr ein- und ausgingen.

Das sie sich selbst als Hexe und Medium bezeichnete, tat Maxi als Schrulle ab. Sollte doch jeder tun und lassen, was ihm gefiel. Außerdem kümmerte sich Jutta jederzeit gern um Nanni und die Kleine mochte sie auch.

Maxis Mutter war da nicht so flexibel, am besten sie meldete sich wochenlang vorher an, wenn sie sie einmal für ihre Enkeltochter brauchte.

Darum mochte Maxi Jutta. Aber manchmal war sie

wirklich nervig, wie eben jetzt. So ein Unsinn, die Wilde Jagd.

Sie sah hinüber zu deren Grundstück. Jutta verschwand gerade wieder in ihrem Haus.

Erleichtert atmete sie auf. Na, da würde sie ihre Wäsche vielleicht ohne weitere bizarre Geschichten auf die Leine bringen. Als sie schon in Richtung ihres Hauses unterwegs war, bemerkte sie eine dicht vermummte Gestalt, die gerade durch Jutta Günther`s Garten huschte.

Sie ging nicht zu deren Haustür, sondern gezielt in Richtung Straße und verschwand aus Maxis Blickfeld. Verwirrt schüttelte diese den Kopf und steckte den Schlüssel ins Schloss.

Aber das Gefühl, die ganze Zeit beobachtet worden zu sein, jagte ihr plötzlich einen unangenehmen Schauer über den Rücken.